고래 서방

시작시인선 0467 고래 서방

1판 1쇄 펴낸날 2023년 4월 21일
지은이 이중도
펴낸이 이재무
기획위원 김춘식, 유성호, 이형권, 임지연, 홍용희
책임편집 박예솔
편집디자인 민성돈, 김지웅, 정영아
펴낸곳 (주)천년의시작
등록번호 제301-2012-033호
등록일자 2006년 1월 10일
주소 (03132) 서울시 종로구 삼일대로32길 36 운현신화타워 502호
전화 02-723-8668
팩스 02-723-8630
블로그 blog.naver.com/poemsijak
이메일 poemsijak@hanmail.net

ⓒ이중도, 2023, printed in Seoul, Korea

ISBN 978-89-6021-708-9 04810
      978-89-6021-069-1 04810(세트)

값 11,000원

고래 서방

이중도

천년의 시작

문단 나이로 서른 살이 되는 해에
여섯 번째 시집을 내놓는다.

섬 시편이다,

지도에서 사라진
그 섬이 쓴.

차 례

시인의 말

제1부

제2부

해 설

제1부

생선 가시가 목구멍에

　이곳 소지도에서는 생선 가시가 목구멍에 오랫동안 걸려 있으면

　참새만 한 메뚜기를 잡아 씹지 않고 삼킵니다

　그래도 넘어가지 않으면 구렁이를 포 떠 말려 놓은 것을 조선간장에 찍어 먹습니다

　그래도 가시가 버티면 섣달에 우는 까마귀 소리를 받아 마당에 묻어 둔 단지를 열고

　한 사발 가득 퍼내 갓 젖을 뗀 새끼 염소 오줌을 섞어 단숨에 마십니다

　그래도 안 되면

　보름달 뜨는 밤에 처녀 귀신이 흘리고 간 머리카락을 모아 둔 뭉치에서 한 올을 뽑아

　싸리 꿀을 먹여 갈고리를 만들어……

한 방울 술이 되어 버렸습니다

밤이 되면 반화도의 꽃들은 말을 합니다

그래서 반화도의 봄밤은 꽃들이 뿜어내는 말들로 어지
럽습니다
난사된 침(唾液)과 침針이 키도 없이 날아다닙니다
섬의 머리에서 싹튼 소문은 섬의 꼬리에 이르면 다른 소
문이 되어 있습니다

꽃들이 하는 말의 내용은 사람들의 속에서 나오는 것들
과 같습니다
비가 오지 않는다 하면서 먹고사는 문제로 시작된 이야
기는
유신 때 심은 리기다소나무 때문에 조선 소나무가 야당
으로 전락했다는 등
정치 이야기로 넘어가곤 합니다
둥근달이 뜨는 밤에는, 한산섬 달 밝은 밤에 수루에 홀
로 앉아……
시조창을 하면서 큰 장수의 일화를 화제로 삼는 꽃도 있
습니다
하지만 성기性器들의 혀에서 나오는 것들인지라

12

결국 욕망과 질투가 이야기들의 노른자를 차지하게 됩니다……

그해 이른 봄 이월의 반화도는
망산 중턱에 사는 과부 동백꽃의 이야기로 술렁거리고 있었는데

손가락 잘라 대나무 그리는 고승도 홀려 가던 길을 멈추고
밤마다 황금빛 수술로 변신하여 붉디붉은 입술에 열흘을 꽂혀 있다가 떠났다는
그 동백꽃을 만났을 때
나그네의 심장은
개나리 꽃잎 두께의 얼음만 얼어도 후박나무 가지에서 뚝 떨어져 죽는
직박구리의 앵두만 한 심장은
그 자리에서 녹아 한 방울 술이 되어 버렸습니다

대취한 나그네의 귀에 남명 선생의 말씀이 맴돌았습니다
화류관을 넘었느냐?

쇠와 돌도 녹여 버리는 집도 절도 삼켜 버리는
그 관문을 넘었느냐?

나그네는 바로 대답했습니다
넘을 수도 없고 넘기도 싫습니다!

방금 낡은 말들이 입을 뻐끔거리고 있었습니다

밀물이 밤을 몰고 오면 비상도 허리 하얀 모래밭은
도처에서 흘러온 어류 패류들과 그들이 끌고 온 언어들
로 북적거립니다

이 섬에서 신기한 것은 달의 힘입니다
통영 오일장처럼 어수선한 각 족속들의 언어가
수면에 달빛이 부딪치는 순간 하나의 언어로 통일됩니다
달빛이 바다에서 파닥거리며 노는 동안
어패류들은 자신도 모르게 같은 언어로 말을 하다가
이른 새벽 사람의 소리 한 잎이 물에 떨어지면
하나의 언어로 밤새도록 쌓아 올린 바벨탑이 순식간에
무너지고
족속들은 다시 각자의 언어로 아우성치며 살던 곳으로
돌아갑니다

비상도에 사는 사람들 중에는
어패들이 주고받는 말을 들을 수 있는 사람이 있습니다
이들의 신기神技는 강신무처럼 의지에 반하여 갑자기 주
어지거나
세습무처럼 대를 이어 전수된 것인데

만월이 중천에 머무를 때 조릿대로 만든 빨대 같은 기구
를 물에 대면

어패들의 말이 들린다고 합니다

물고기를 잡아 먹고사는 이 섬에서 이들의 능력은

배에 달린 눈과 같은 역할을 해 왔습니다

이해할 수 없는 것은 이들이 받아 온 대우입니다

이 섬에서 이런 능력을 가진 사람들은 예나 지금이나 가장
천한 대우를 받고 있습니다

귀신의 소리를 들을 줄 아는 무당처럼……

어느 달 밝은 봄밤 비상도 모래밭 부근을 서성거리던 나
그네는

낚싯바늘도 미끼도 없이 복숭아꽃을 묶어 낚시를 하는 사
람을 만났습니다

신선봉에서 도를 닦는 사람이었습니다

그의 곁에 놓인 누런 호박만 한 동이에는

방금 낚은 말(言)들이 입을 빠끔거리고 있었습니다

눈이 동그래진 나그네에게 도인이 웃으며 말했습니다

구름을 부르는 자기의 스승이 선창에 앉아 거문고를 뜯으면

물 밑에서 어지럽게 떠도는 말들이 물 위로 올라와

손을 잡고 군무群舞를 춘다고

망나니 칼 몇 자루가

유자도 어떤 민박집에는 신기한 연못이 있습니다

주인장이 날렵한 회칼로 생선의 살을 떼어 낸 뒤
눈을 깜박거리는 머리와 지느러미가 붙어 있는 뼈를
바다와 통해 있는 이 연못에 넣으면
뼈가 헤엄쳐 다니면서 다시 살이 붙기 시작합니다
먹이로는 메뚜기 나비 매미 개구리 등을 주는데
환한 봄날에는 지는 꽃잎도 잘 먹습니다

그런데 이 연못에서 잡아 올리는 생선의 맛이 기가 막힌 이
유는 따로 있습니다
매일 밤 주인장 가족이 싸 주는 오줌이 그 맛의 비결입니다

오랫동안 아이가 없었던 주인장의 며느리는
연못에 소변을 본 날 밤에 숭어 두 마리가 배 속으로 들어오
는 꿈을 꾸고
쌍둥이를 낳기도 했습니다……

나그네가 민박집 뜰 평상에 앉아 막걸리 잔을 들고 있을 때
연못 속에서는 둥근달이 일그러졌다 펴졌다 하고 있었습니다

장난기가 발동된 나그네는 연못가로 다가갔습니다
허리띠를 풀고 오줌을 누는 시늉을 했습니다

물속에서 눈을 부릅뜬 망나니 칼 몇 자루가
입을 활짝 벌리고 춤을 추며 튀어 올라왔습니다

보름달이 뜨는 날이었던 것입니다

이름과 실상이 정반대인 섬도 있습니다

남해 한가운데에 수련처럼 다소곳하게 떠 있을 것 같지만
상여도는 한마디로 거대한 파충류입니다

상여도에 있는 모든 것들은 너무도 빠르게 자랍니다
초목이나 바위들은 물론이고
갯가에 묶여 있는 나무배도 자고 일어나면 몸집이 커져
있습니다
그래서 부지런히 돌아다니며 섬의 살을 깎는 것이
상여도에 사는 바람과 파도의 직무가 되었습니다

고승도 토굴에 들어가지 않고 열흘만 지내면 산적이 되
어 버리는 이 섬에서
종교는 필수적입니다
종교는 성스러운 이야기들로 무지막지하게 부풀어 오르
는 섬의 살을 대패질합니다
이야기의 공장인 종교의 창작 속에서 비루한 땡추는 대
사로 변신합니다
땡추가 데리고 살던 여자들은 고결한 비구니가 됩니다

>
이 섬에서 벌어지는 살과 성性의 끝없는 싸움의 판세를 보
여 주는 상황판은
바로 달입니다
살의 힘이 강해지면 달은 차오르고
바람과 파도나 종교의 힘이 강해지면 달은 여위어 갑니다

그러나 싸움의 과정에서 양측은 상대를 완전히 제압하지
는 않습니다
이들의 밀고 당김은 싸움이라기보다 놀이에 가깝습니다
섬의 산정에 세워진 장신의 불상은 살의 정수리에 박힌 말
뚝이 아니라
싱싱한 살이 머리에 꽂고 있는 백옥 비녀처럼 보입니다……

육지가 매화 한 송이를 겨우 밀어 올리는 시절에
나그네는 상여도에 첫발을 디뎠습니다
모계사회 여인들의 허벅지처럼 굵은 동백나무들이 수많은
꽃들을 내뿜고 있었습니다
뿌리로 바위를 뚫는 나무들의 짙은 체취는
고대의 미라도 벌떡 일으켜 세울 것 같았습니다

>
섬의 머리에서부터 섬의 꼬리에 있는
대취한 해신海神의 간을 꺼내 술기운을 빼고 있는 것 같은
불그레한 억새밭까지 걷는 사이에
나그네의 키가 한 뼘쯤 늘어나 있었습니다
보름달이 뜨는 날이었던 것입니다

남자였던 것입니다

어유도에는 무례하고 시끄러운, 사람의 길들이 닿지 않
는 곳에
수많은 다른 길들이 흘러 다니고 있습니다

멧돼지가 송곳니로 상수리나무 갑옷을 들이받으며 다니
는 길
고라니가 눈에 불을 켜고 조심조심 마실 다니는 길
하얀 소복을 입은 처녀 귀신이 발이 땅에 닿지 않고 걸어
가는 길
후박나무족과 근친결혼을 하며 사철나무족이 퍼져 가는 길
대하소설의 걸음발로 소나무 숲이 영역을 확장하는 길
발정 난 전복이 검은 해초로 허기를 채우며 기어가는 길
조랑말 물건만 한 해삼이 익사한 시체를 찾아 가는 길
반딧불들이 은하수를 만들어 몰려다니는 길……

이 길들을 모두 볼 수 있는 눈이
멀리서 섬을 조감하면서 각각의 길에 서로 다른 색으로 칠
을 하면
색색의 꿈틀거리는 실들이 군데군데서 뒤엉키며 섬을 감
고 있는 것처럼 보일 것입니다

하지만 예민한 감각을 가진 길들은 특유의 냄새로 서로를 파악하고 피해 가기 때문에
실제로 길들이 만나는 일은 없습니다

그런데 이 섬세한 촉수를 가진 길들이
무감각하기 그지없는 사람의 길들과 부딪치는 경우가 있습니다
아랫섬에서 윗섬으로 이사하던 멧돼지 가족의 길이 뱃길과 부딪쳐
일가족이 마을 잔치의 제물이 된 적도 있습니다
암내 짙은 아지랑이에 취해 가던 길을 멈추고 낮잠을 자던 두더지가
눈먼 쟁기 날에 두 동강이 난 적도 있습니다
새끼를 데리고 떠돌던 어미 고래의 멍청한 길이 정치망에 걸려
빚더미에 깔려 있던 어부의 복권이 된 적도 있습니다
고단한 구름이 내려와 잠시 눈을 붙이곤 하는 바위에서 산나물을 가리던 새댁이
붉은 구름에 업혀 하늘로 사라진 적도 있습니다
쥐똥나무 덤불 속으로 난 염소들의 길을 헤매던 아이들이

뿔이 돋아나 집으로 돌아온 적도 있습니다
오리의 발이 만드는 흔적 남기지 않는 길을 보고
땡추가 득도한 적도 있습니다……

이러한 길들의 부딪침과 만남 중에서 가장 나그네의 흥미를 끈 것은
어떤 노총각의 이야기입니다
배부른 달이 뜨는 밤마다 인어가 노래를 부르며
동네 앞바다를 지나간다는 소문을 들은 노총각이
인어가 다닌다는 길목에 특수하게 제작한 통발을 놓았습니다
식음을 전폐하고 열흘 기도한 끝에 드디어 인어가 걸려들었습니다
신부가 될 인어의 육덕을 끌어올려 황홀하게 눈이 마주친 순간
총각은 너무 놀라 피가 얼어붙어 버렸고 서서히 굳어 바위로 변해 갔습니다

인어가 남자였던 것입니다, 메기수염을 기른 듬직한 중년의

대를 이어야 한다는 오 대 독자의 비원이……?

고대 이스라엘에서는
첫날밤을 치른 신랑이 신부가 숫처녀가 아니라고 주장
하는 경우
신부의 아버지는 신부의 잠옷에 묻어 있는 흔적으로 숫처
녀임을 증명해야 했습니다
숫처녀임을 증명하지 못하면 신부는 돌에 맞아 죽임을
당했습니다

술미도 꼬리에 있는 이 마을의 결혼식에서는
신랑이 노를 저어 나가 목선에서 기다리다가
색색으로 단장한 배를 타고 시집오는 신부를 맞이합니다
신부는 배에서 내려 십 보 떨어진 신랑의 배로 걸어와
야 합니다
만약 신부가 숫처녀가 아니면 시퍼런 바다가 삼켜 버립
니다

고대 이스라엘에서는 부인의 간통이 의심되면
남편은 부인을 데리고 제사장 앞으로 갔습니다
제사장은 여인의 머리를 풀게 하고
성막聖幕 바닥의 흙을 긁어 넣은 거룩한 물을 마시게 했

습니다

　여인이 간통을 한 경우에는

　쓰라린 고통을 느끼며 배가 부어올랐고 허벅지가 말랐
습니다

　이런 증상이 나타난 여인은 돌에 맞아 죽었습니다

　부인의 외도가 의심되는 경우 이 마을에서는

　여자를 배에 싣고 나가

　시집올 때 타고 온 배가 멈춘 자리에서 남편이 있는 배로
십 보를 걸어오게 합니다

　남편 몰래 다른 남자와 배를 맞춘 경우에는 곧바로 물의
심판을 받습니다……

　작두만 한 까마귀가 포대기에 싸서 밭둑에 눕혀 둔 아기
를 덮쳐

　뇌수를 파먹는 일이 벌어졌고

　저공비행하던 제비들이 한눈팔다가 처녀들의 종아리에
박히기도 했던 그해 봄

　모밀잣밤나무꽃 향기가 해무처럼 섬 전체를 점령했던 날
밤에

오 대 독자 박 씨는

마누라를 죽인다고 고래고래 고함을 지르며 조선낫을 휘둘러

온 동네의 잠을 난도질했습니다

다음 날 동이 트자마자

박 씨의 마누라는 이장의 발동선에 실려 바다로 나갔습니다

박 씨의 배는 십 보 거리에서 마누라를 기다렸습니다

모든 동네 사람들이 부두에서 지켜보고 있는 가운데

이장의 배에서 내린 박 씨의 마누라는 당당하게 물 위를 걸어

박 씨의 배는 쳐다보지도 않고 그대로 집으로 올라가 방문을 잠가 버렸습니다

이 사건으로 인해 무고를 한 남편이 받는 벌이 만들어졌습니다

삼 년간 마누라와 동침을 할 수 없으며 헛간에서 자야 한다는 선고를 받은 박 씨는

헛간의 벽에 부엌칼을 걸어 두고

마누라의 알몸이 생각날 때마다 칼등으로 물건을 내리치며
  욕망을 잠재워야 했습니다

  삼 년이 다 차 가는 어느 날이었습니다
  옆집 할머니의 칠순을 축하하는 잔치에 불려 가
  고구마로 빚은 막걸리 열 말을 퍼마시고 돌아와 누운 박 씨의 눈에
  마누라의 엉덩이가 들어왔습니다
  헛간의 문틈으로 보이는 밤하늘에 마누라의 흐벅진 엉덩이가 떠 있었던 것입니다
  비틀거리며 일어난 박 씨는
  칼을 찾아 들고 꿈틀거리는 숭어를 사정없이 내려쳤습니다
  그런데 숭어의 몸통을 친 것은 칼등이 아니라 칼날이었습니다
  한 줄기 번개가 박 씨의 입을 찢고 나왔고
  숭어의 잘린 상반신은 통통 튀어 바다로 들어가 버렸습니다……

>

가죽 자루에 검은 송이버섯들을 가득 채우고 남은 생을
살았던 박 씨는
십오 년 전에 저세상으로 떠났고
홀로 집을 지키는 마누라는 올해 여든 살입니다

소문에 따르면 박 씨의 물건이 잘린 그날 이후
붉은 해삼 한 마리가 보름밤마다 바다에서 기어 올라와
박 씨의 마누라가 잠들어 있는 방의 문창살 사이에 박혀
있다고 합니다
뚫고 들어가려 해도 몸이 부풀어 올라 들어가지 못하고
끙끙거리다가
먼동이 터 오면 바다로 돌아간다고 합니다

그날 밤의 엉덩이가 생각나서일까요?
아니면, 대를 이어야 한다는 오 대 독자의 비원이……?

에델바이스꽃 한 송이가

갈리도 땅속 깊은 곳에는
사람의 심장처럼 생긴 거대한 연못이 있습니다

갈리도에 있는 모든 나무들의 뿌리는 이 연못에 닿아 있고
연못은 나무들을 통해 숨을 쉽니다
연못의 숨결 때문에
바람이 아주 자는 날에도 나뭇가지와 이파리들은 가늘게
흔들립니다

평소에는 선객禪客처럼 고요한 연못이지만
불을 가득 품은 구름이 섬의 산정을 스칠 때는 연정을 못
이겨 출렁거리기도 합니다
연못이 출렁거리면
염소들이 사철나무 덤불 속에서 교미를 하고 온갖 새들의
울음소리가 난장처럼 시끄럽습니다
소 먹이는 아이들이 언덕에 풀어놓은 암소들이
갑작스러운 발정을 못 이겨 서로의 등에 올라타기도 하는데
어떤 암소는 지게를 지고 가는 할아버지에게 올라타
할아버지의 다리가 부러진 적도 있습니다

>

연못의 물이 출렁거릴 때

이 섬에 사는 젊은 남녀들 속에 있는 작은 연못들도 함께 출렁거립니다

연못들이 넘쳐 성기에서 맥주 거품이 흘러나오기 시작하면

이 섬의 총각들은 밤에 무리를 지어 건너편 섬까지 헤엄을 쳐 갔다가 돌아오면서

연못들을 재웁니다

돌아오는 길에 바다 밑으로 들어가 인어와 신방을 차리는 얼빠진 놈들도 늘 있습니다

출렁거릴 때마다 자꾸 발생하는 간통 사건 때문에

연못은 종교를 만들지 않을 수 없었습니다

사람의 발길이 닿지 않는 숲속 깊은 곳에 숨어 있던 어른 키만 한 후박나무를

한 달 만에 두 아름이나 되게 만든 뒤

육지에서 노숙하는 떠돌이 귀신을 한 마리 불러 얹혀살게 했습니다

귀신은 할머니들이 바치는 색색의 떡과 과자를 먹고 살이 많이 쪘습니다

>
연못이 낮잠을 자다가 가끔 꿈을 꿀 때가 있는데
그때는 섬에 피어 있는 모든 꽃들이 잠시 꿈의 색깔을 입
었다가
연못이 잠을 깨는 순간 본래의 색으로 돌아갑니다
연못이 다른 나라의 땅을 흐르는 꿈을 꿀 때에는
이 땅에서는 볼 수 없는 꽃들이 피어나기도 합니다……

늦은 여름 오후 갈리도에 오른 나그네가
산기슭 샘에서 망개나무 이파리로 물을 떠먹으려고 허리
를 굽혔을 때
나그네의 눈앞에는 에델바이스꽃 한 송이가 활짝 웃고
있었습니다
연못이 꿈속에서 눈 덮인 알프스 계곡을 흐르고 있었던
것입니다

이러한 채소의 신비한 효능은

장재도에서는 집은 고쳐도 변소는 고치지 않습니다
그래서 이 섬에 있는 뒷간의 대부분은 백오십 년 전에 만
들어진 그대로입니다

가끔 밤중에 아이들의 발목을 잡아당기는 장난꾸러기 짓
도 하지만
이 늙은 변소들에게는
자기 입에 똥을 싸는 사람들의 속마음을 낱낱이 알 수 있
는 특이한 능력이 있습니다
일가의 비밀을 다 알면서도 입을 꾹 다물고
천연스럽게 세끼 밥에 간식까지 받아먹고 지내다가
혼자만 알고 있는 비밀들이 목젖까지 차오르면
똥장군에 퍼 담겨 호박만 한 돌들로 울타리 두른 남새밭
에 뿌려집니다

이 변소들에서 나온 똥물을 먹고 자란 채소를 먹으면
똥을 눈 사람의 마음을 알 수 있습니다
친족끼리는 언제나 채소를 나누어 먹고 보름에는 마을 사
람들 모두가 채소를 나누기 때문에
장재도에는 다툼이 거의 없습니다

때때로 자기 밭의 채소를 나누지 않는 사람들도 있는데
이들은 이방인으로 취급되어 마을 회의에 참석할 수 없고
우물도 사용할 수 없습니다

그런데 이러한 채소의 신비한 효능은
다 자란 채소를 먹을 때에만 나타납니다
이런 사실을 모르고 짝사랑하는 처녀의 마음을 빨리 알고
싶었던 어떤 노총각이
처녀가 가꾸는 텃밭의 상추 새싹을 서리해 먹었는데도 아
무런 효과가 없자
몰래 처녀 집 변소에서 똥을 퍼 양푼째 마시다가
똥독으로 급사한 불행한 사건도 있었습니다……

이 섬에서 가장 놀라운 존재는 중매쟁이 염소입니다
이 집 저 집 채소를 두루 뜯어 먹고 다니는 이 염소는
마음이 통해 있는 처녀와 총각을 발견하게 되면
남자 집 마당에 앉아 사흘간 되새김질을 하고 여자 집 마
당으로 옮겨 가서 다시 사흘간 되새김질을 합니다
서로를 향한 마음이 육 일간의 되새김질을 통해 확증되면
이들의 혼사를 반대해서는 안 됩니다

>
세습무처럼 대를 잇는 이 염소의 목에는
누군가가 정성을 다해 만들어 준 꽃목걸이가 항상 걸려
있습니다

춘복도 씨바위

이 섬에 마을이 갓 생겼을 때 일어난 일입니다

용하다는 암무당이 꿈에서 신탁을 받았는데
당산에서 제일 높은 포구나무 어른이 뭍에 가서 살고 싶다
는 것이었습니다

어떻게 육지로 보내 드릴까 고민하던 끝에
섬에서 제일 고령인 칠원 윤씨 종장이 제안한 대로
나무 어른을 여러 부분으로 나누어 부분들로 작은 배를 만
들어 띄워 보내기로 했습니다
워낙 신령한 어른이신지라 육지에 닿자마자
흩어진 지체들이 모여 다시 나무로 설 것이라고 장담하면서

사흘간 목욕재계한 장정들이 사흘간 바다에 담가 두었던
대톱으로
사흘간 어른의 몸을 잘랐습니다 다 자르고 난 뒤
대기 중인 목수들을 위해 통나무들을 풀밭 위에 눕혀 두고
집으로 돌아갔습니다

그런데 이게 무슨 조화일까요

다음 날 아침 허리에 연장을 두른 목수들이 당산에 도착했을 때
나무 어른이 예전처럼 한 그루 장대한 나무가 되어 서 있는 게 아니겠습니까

당연히 큰 소란이 일어났습니다
멍석말이를 당한 엉터리 무당은
고쟁이까지 뜯긴 채 알몸으로 개헤엄을 쳐 겨우 섬을 빠져나갔고
나흘이 지난 후에야 동네 장로들은 정신을 수습하고
어른의 노여움 앞에 제상을 차릴 수 있었습니다

그런데 제사를 마치고 비지땀을 닦으며 언덕을 내려오는 사람들의 눈앞에
전에 없었던 바위 하나가 눈에 띄었습니다
고개를 갸웃거리며 둘러서서 살펴보니 나무 어른의 허리 부분이었습니다

그날 밤 포도알만 한 이슬을 맞고 일어선 나무 어른의 지체들이

중국 영화에 나오는 강시처럼 풀밭을 통통 튀어 제자리
로 돌아갔을 때
이 통나무는 성서의 창세기에 나오는 롯의 아내처럼 망설
이며 뒷걸음을 치다가
바위가 되어 버렸던 것입니다……

바위의 배꼽 부분에 나 있는 참외만 한 구멍 때문이었는지
언젠가부터 사람들은 이 바위를 씨바위라고 부르기 시
작했습니다

보름달이 뜨는 밤에
열 보 떨어진 거리에서 바위의 구멍에 유정란을 던져 넣
으면
아들을 낳는다는 전설이 바위의 구멍에서 태어나 무럭무
럭 자랐습니다……

삼 년 전에 처음으로 이 섬을 한 바퀴 돈 나그네가
점심을 먹으려고 풀밭에 앉았을 때
수많은 계란들의 노른자와 흰자가 뒤섞여 말라붙어
더러운 소금 기둥처럼 서 있는 바위 하나가 눈에 들어왔

습니다

　바위가 안쓰러웠던 나그네는

　시경詩經에서 발아력이 강한 초록색 구절 하나를 뽑아 종이에 적은 뒤

　일곱 번을 접어 바위의 구멍에 넣어 두고 섬을 떠났습니다

　삼 년 후에 다시 섬에 오른 나그네는 바위의 안부가 궁금해 곧장 당산으로 올라갔습니다

　허허, 그런데 이건 또 무슨 조화일까요

　바위가 온통 곧추선 바늘 길이의 솔이끼로 덮여 있는 게 아니겠습니까

　소금 기둥은 초록 여우의 털이 촘촘히 박힌 코트를 걸친 선녀로 변해 있었습니다

　이끼가 반쯤 가린 구멍에는 텃새 부부가 신혼살림을 차려 놓고 있었습니다

불알에 처녀의 이름을 적어

대혈도에는 염소 불알에 처녀의 이름을 적어 청혼을 하
는 풍습이 있었습니다

산에 사는 염소를 잡아 불알을 꺼내어 때죽나무 송곳으로
밤잠을 설치게 하는 처녀의 이름을 새겨 당집 앞 너럭바
위에 놓아두면
아무도 본 적이 없는 암염소가 불알 곁에 똥 두 알을 싸
놓았습니다

불알에 새겨진 이름과 똥에 새겨진 이름이 일치하면 혼
사가 이루어졌는데
염소의 똥에 새겨진 이름은
섬 중턱 외딴 오두막에 어미 아비도 없이 혼자 사는 봉사
처녀만 읽을 수 있었고
처녀는 복채로 생계를 이어 갔습니다……

섬 기슭 어막魚幕에 칠삭둥이 한 마리가 살고 있었습니다

밤마다 음낭이 만조의 바다로 출렁거리는 나이가 되어
염소를 잡으려고 섬을 넉 달이나 헤맸지만 허탕을 치고

애간장을 태우던 놈은
　어느 보름밤에 흐벅진 달의 엉덩이를 올려다보며
　이빨을 깨물고 자기의 불알을 발라내 오매불망하던 처녀
의 이름을 썼습니다

　그런데 마지막 자의 받침을 빼먹어
　그만 섬에는 없는 여자의 이름이 되어 버렸습니다

　하지만 지성이면 감천이라
　사흘 후 바위 위에는 암염소의 똥이 칠삭둥이의 불알 곁
에 다정히 놓여 있었고
　봉사 처녀가 읽어 보니 두 이름이 정확히 일치했습니다

　이 괴상한 일을 어떻게 처리할 것인지 며칠 동안 고민한
동네 어른들은
　그때까지 이름이 없었던 봉사 처녀에게 염소 똥에 박힌
이름을 지어 주고
　칠삭둥이 놈과 혼인을 시키기로 했습니다

　섬 꼭대기에 서 있는 삼백 살 신갈나무 아래서 식을 올

렸는데

신부가 신랑에게 절을 할 때 신갈나무 이파리 하나가 떨어졌고

이파리가 족두리에 얹히자마자 신부의 눈이 번쩍 떠졌습니다

세상이 환한 빛 속에서 모습을 드러낸 순간 신안神眼은 저절로 감겼습니다

칠삭둥이 부부가 살림을 차린 오두막에는

아침마다 젖통이 두툼한 암염소 열 마리가 마당에 서 있었고

열흘마다 수염이 땅에 끌리는 숫염소가 걸어 들어왔습니다

숫염소의 수염을 잘라 뭉쳐 놓으면 다음 날 새끼 염소가 되어 있었습니다

염소의 젖과 새끼를 팔아 부부는 넉넉하게 생활할 수 있었고

둘은 머리가 파뿌리가 되도록 행복하게 살았습니다……

전깃불과 슬레이트 지붕이 들어오기 전에 있었던 이야기입니다

뭍에서 장을 보고 돌아가는 발동선을 타고 섬에 오른 반백

의 나그네가

　거대한 해골의 눈구멍을 지나

　허물어진 돌담 옆 펑퍼짐한 바위에 앉아 탁주를 마시고
있는데

　이백 살도 넘은 것 같은 암염소 한 마리가 숲속에서 걸
어 나와

　나그네 곁에 앉아서 되새김질을 했습니다

　봉사 처녀의 어미가 무슨 일로 짝불알에 풋사랑 하나 그
려 본 적이 없는

　숫총각 나그네를 찾아온 것일까요?

고래 서방

옥도에서 자식 귀하기로 소문난 집안의 사 대 독자 옥 씨
의 물건에 사변이 난 일시는
세 번째 생일잔치를 치른 다음 날 정오경입니다

용왕이 큰기침을 했는지 갑자기 멸치 떼가 오랑캐처럼
몰려왔던 그날
뜰채로 퍼 올린 멸치를 가마솥에 삶아 놓고 등에 업혀 자
는 옥 씨를
잠시 툇마루에 놓아두고 어미가 깻잎을 따러 텃밭에 간
사이에
옆집 누렁이가 포대기를 헤치고 옥 씨의 음낭에서 불알만
쏙 빼 먹어 버린 것입니다

졸지에 가문의 충신에서 역적으로 전락한 옥 씨의 어미는
늙은 똥개를 잡아 털도 뽑지 않고 통째로 사흘을 고아 옥
씨의 입에 넣어 준 뒤
귀신도 찾아와 신세타령을 한다는 꼭대기집 해녀 할멈을
찾아가 처방을 받았습니다

해녀 할멈 말씀은

잘 익은 대추알 두 개를 매일 아침밥을 다 먹인 다음에 꼭
꼭 씹어 먹게 하면
오 년 안에 불알이 다시 생긴다는 것이었습니다

새벽마다 정화수 떠 놓고 치성을 드린 후 어미는
짝불알이 되는 걸 막기 위해 꼭 같은 크기의 대추알 두 개
를 옥 씨의 밥그릇에 올려놓았고
옥 씨는 한 끼도 거르지 않고 대추를 씨앗까지 씹어서 먹
었습니다
그런데 육 년이 지나가도 불알은 소식이 없었습니다

다급해진 어미는 선창가에 홀로 사는 외다리 중신아비
의 충고대로
튼실한 몽돌 백 개를 주워 집 전체를 둘렀고
삼시 세 끼 고라니 불알 염소 불알 토끼 불알을 구워서 옥
씨의 밥상에 놓았습니다
하지만 지극한 공양의 세월이 십 년을 넘어가도 불알은
돌아오지 않았습니다

그동안에 공돌줍기를 하던 옥 씨는 훤칠하게 자라

다홍색 몸뻬를 입고 방풍나물밭을 매고

부녀자들과 둘러앉아 양푼 밥을 함께 먹는 청년이 되어 있
었습니다……

옥도에 사람이 살기 시작한 이래 제일 큰 사건인

섬만 한 고래가 미늘창바위에 걸렸을 때는

옥 씨의 나이 방년 스무 살이었습니다

섬에 사는 남녀노소들이 모두 나와 거대한 황금 덩어리인
고래를 해체했는데

작업 중에 돌아보니 시금치 캐는 칼을 들고 꼬리지느러미에
들러붙어 있던 옥 씨가 사라진 것이었습니다

사람들이 뿔뿔이 흩어져 섬의 발톱까지 뒤졌지만 찾을 수
가 없어

고개를 갸웃거리면서 다시 돌아와 작업을 계속했는데

열흘 후 일이 다 끝나 갈 때쯤 고래의 음문 속에서 쿨쿨 자
고 있는 옥 씨가 발견되었습니다

그날 이후 고래 서방이라는 별명이 평생 옥 씨를 따라다녔고

>
주머니에 개구리알도 없는 놈이 욕심은 고래 좆이다!

이 섬에서 무능한 욕심쟁이에게 면박을 줄 때 사용하는
지금도 젊은 황소 불알처럼 싱싱한 비유가 그때 태어났
습니다

추석 달밤의 추격전

막도에는 반씨 홍씨 두 성씨만 살고 있습니다

반씨 집안 남자들은 짝다리가 많고
홍씨 집안 남자들은 짝불알이 많습니다

사돈 관계를 맺어 가며 사이좋게 섞여 살던 두 집안은
그 추석 밤 이후
서로 쳐다보지도 않고 말도 섞지 않습니다……

골목마다 차례상 술에 거나하게 취해 걸어 다니는 혼령들
의 서늘한 체온이 느껴지던
그 추석날 저녁
가마솥 뚜껑만 한 가오리를 삶아 멍석 가운데 놓고 벌어
진 술판 끝자락에

쌀 한 가마니 지고 열 걸음도 못 가는 짝다리 놈에게 애
가 없는 게 당연하지!
홍씨 집안의 개망나니 홍 아무개가 혀 짧은 소리로 시비
를 걸자
장가도 못 간 짝불알 새끼가 별걱정 다 하네!

반씨 집안의 새신랑 반 아무개가 짝눈을 부라리고 응수
하면서
그날의 사건이 점화되었습니다

술상을 엎고 밀고 밀리는 멱살잡이를 하던 와중에
넘어진 짝다리가 부축하는 각시와 눈이 마주치더니 갑자
기 집으로 들어가
감나무 그루터기에 꽂혀 있던 도끼를 들고나온 것입니다
번쩍거리는 도끼를 본 짝불알은 혼비백산하여 도망을 쳤
습니다

술자리를 마무리할 때마다 으레 벌어지는 다툼이 살벌한
추격전이 되어 버렸습니다
어른들은 고구마 막걸리에 취해 고함만 지를 뿐 일어설
힘도 없었고
신이 난 아이들은 사십 보 정도의 거리를 두고 둘을 따
라 뛰었습니다

훤한 달밤의 숨 막히는 추격전은
추수 끝나고, 한 이틀 면도 안 한 뱃놈의 턱수염이 촘촘

히 박혀 있는 다랑논을 지나

후박나무 숲속에 놓아 키우는 염소들이 밤에 모여 잠을 자
는 상엿집을 지나

태풍에 파도가 크게 치면 갈치 떼가 솟아올라 나뭇가지에
걸리는 해안 절벽 바로 위

홍씨 조상들의 묘지까지 계속되었습니다

가없는 밤바다의 등판에서 반짝거리는 무수한 달빛의 파
편들이 눈에 확 들어오는 지점에 이르러

마지막 힘을 짜낸 짝다리의 도끼날이 짝불알의 머리통에
닿으려는 찰나

조상의 무덤 하나가 황급히 열려 자손을 품에 안았고

짝다리는 가속도를 못 이겨 무덤의 정수리를 딛고 그대로
달의 품속으로 뛰어들었습니다

아이들이 벼랑에 도착했을 때는 짝다리도 짝불알도 없었고

눈을 부릅뜬 도끼만 벼랑 꼭대기에 뿌리 박은 소나무 옆에
떨어져 있었습니다

그 무시무시했던 추석 달밤 이후 두 성씨는……

새똥밭에 굴러도 이승이?

까마귀 고기를 주식으로 하는 대호도에서는 사람이 죽으
면 조장鳥葬을 합니다

조장사는 대대로 오씨 집안이 맡아서 하는데
살에는 수십 군데 칼집을 내어 뜯어 먹기 쉽게 만들어
주고
남은 뼈는 망치로 잘게 부수어 싸리 꿀을 부어 놓습니다

착하게 산 사람의 살과 뼈는 까마귀가 잘 먹고
고약하게 인생을 산 사람의 살과 뼈는 까마귀도 쳐다보
지 않기 때문에
무리를 몰고 다니는 우두머리 까마귀에게 뇌물을 주는 유
족들도 있습니다
주로 생선 눈알이 뇌물로 사용되는데 대구 눈알이 인기
가 많습니다

자신의 장례를 다 본 혼령은
섬에 사람이 살기 시작할 때부터 있었던 오백 살 느티나
무 품속으로 들어가
사흘을 쉬고 하늘로 올라가는데

이생에 대한 미련 때문에 살을 떠나지 못하는 혼령은
까마귀 내장을 거치며 지난 생은 다 잊어버리고
까마귀 똥에 섞여 땅에 떨어져 들꽃으로 피어납니다……

조상을 먹은 새를 잡아먹기 때문에
조상의 버릇이나 모습이 갑자기 후생에게 나타나는 것은
이 섬의 상사常事입니다

오른쪽 눈을 깜박거리던 사람이 왼눈을 끔벅거리기도 하고
가을 호수처럼 자던 사람이 일소처럼 코를 골기도 합니다

하얀 다리에도 하관이 갸름한 얼굴에도 털이 없어 내시라
는 별명을 달고 다니던 사람이
하룻밤 사이에 구레나룻과 턱수염으로 덮이는 일도 있었
습니다

술 한 방울 안 먹고 혼례식 이후 부인과 잠자리도 한 번 하
지 않았던 이가
동네잔치에서 술을 다섯 말이나 퍼마시고 들어와
십 년 동안 숫처녀로 지내 온 마누라를 덮쳐 마을 사람들의

잠을 설치게 한 그날 밤 이후

밤마실 가서 까마귀 고기에 탁주 배 터지게 먹고 문턱을
넘어오는 서방이 누군지 우찌 알 끼고?
하는 여인네들의 말이 생기기도 했습니다……

죽은 사람과 산 사람이 섞여 사는 이 섬에는 곳곳에 야생
화 만발한 꽃밭들이 있습니다

새똥밭에 굴러도 이승이 낫다는 것일까요?

지금 샘물의 대언자는

잠도 허리에 있는 샘의 뿌리는 지리산 천왕할매가 마시는 샘
에 닿아 있습니다

이 샘은 뿌리의 길이만큼이나 박식하고 신비로운 능력을 가
지고 있는데
삼십 년 전 해일로 이웃 섬들이 큰 재앙을 당했을 때
샘물이 바다 밑을 흘러오면서 엿들은 이야기 덕분에 이 섬만
은 참사를 면했습니다……

이 샘의 물은 선택된 한 사람을 통해서만 신령한 일을 합니다
다른 사람이 마시면 그냥 물일 뿐입니다

샘물이 사람을 택하는 방법도 참 신기합니다
섬에 사는 성년 남녀들이 모두 나와 줄을 서서 박 바가지로
자기를 마시게 하고
택하여진 사람이 물을 마시면
샘가에 서 있는 꽃나무의 꽃이 입을 다물고 있다가 입을 활
짝 벌리고 웃습니다

사람들이 병들었을 때 약초를 알려 주는 일도 하지만

샘물이 주로 하는 일은 재판과 예언입니다

샘물이 재판하고 예언을 할 때
대언자는 샘물의 호흡을 하고 샘물의 표정을 짓고 샘물의
말을 합니다
그는 자신의 입을 통해 나오는 말을 모르고 기억도 못 합니다
오직 물이 말하는 대상만 물의 말을 알아들을 수 있습니다

대언자가 죽거나 부정한 짓을 하여 자격이 상실되면
샘가 꽃나무의 꽃이 다시 입을 다뭅니다⋯⋯

지금 샘물의 대언자는 염소입니다

오 년 전에
샘물의 선택을 받은 사람이 이웃에 사는 과부와 간통을 하는
바람에 꽃이 입을 다물었을 때
섬에 있는 성년 남녀들뿐만 아니라
포대기에 싸인 아기까지 다 나와 샘물을 마셔도 입을 벌리
지 않던 꽃이
새끼 염소가 혓바닥을 대었을 때 활짝 웃었던 것입니다

\>

섬에 문제가 있으면

염소를 바지게에 태우고 샘터로 올라가 물을 핥아 먹게 하고

시비를 가리고 예언을 듣습니다

재판이나 예언이 끝나면 복채로 탁주 한 사발을 반드시 드

려야 합니다

영원히 젊은 몸으로 영원히 젊은 술을

주민 모두가 기독교 신자인 노아도 마을 한가운데 있는 우물에서는
세상에서 가장 맛있는 술이 끊임없이 샘솟고 있습니다

당연히 이 섬에 사는 사람들은 남녀노소 모두 술꾼들입니다

목사도 술꾼인데
가나의 혼인 잔치에서 예수님이 물을 포도주로 만든 기적은
설교에서 빠진 적이 없습니다
설교대에는 목을 축일 물 대신 술 한 잔이 놓여 있고
침례는 술을 가득 채운 욕조에서 베풉니다
설교 때 사용하는 비유의 팔 할도 술 주전자에서 나옵니다

이 섬에서 노년의 가장 큰 설움은
술을 조금밖에 못 마신다는 것입니다
구십을 넘으면 아주 술을 끊어야 한다는 것입니다
문어를 삶아 놓고 바닷바람 듬뿍 머금은 마늘을 막장에 찍어 먹는
젊은 놈들을 바라보며 침만 꼴딱꼴딱 삼켜야 한다는 것입니다

>
술은 늙지 않는데
이내 몸은 늙어만 가는구나!

이 탄식의 합창을
목사는 요한계시록 십구 장에 있는 어린양의 혼인 잔치
로 위로합니다
언젠가 벌어질 이 흥겨운 잔칫날에는
최후의만찬에서 금주를 선언하신 주님도 다시 잔을 잡으
실 것이고
성도들도 부활한 몸으로 술을 마실 것입니다

영원히 젊은 몸으로
영원히 젊은 술을!

이 섬에서 죽은 사람을 매장할 때는
부장품으로 큰 질그릇 잔을 함께 넣어 줍니다
이들은 부활의 날에 이 잔을 들고 일어나 주님 앞에 설 것
입니다
마을 이장을 지낸 사람은
다른 사람보다 두 배 큰 잔을 가지고 무덤으로 내려갑니다

이 섬의 이야기를 해 온 것이

한 번도 가 보지 않았지만
이야기 속에서 이미 수십 번을 다녀온 섬도 있습니다

밤마다 독주에 취해 허황된 모험담을 떠벌리는 해적처
럼 나그네는
도시에 사는 동무들에게 결혼을 한 뒤에는 아이들에게
솔여도에 대해 수많은 이야기를 해 왔습니다

적당히 술에 취해 솔여도를 이야기하던 어느 날 저녁
이야기의 바다에 떠 있는 솔여도가
나그네가 어릴 적에 살았던 동네를 빼닮았다는 걸 알게
되었습니다
끝없는 이야기로 솔여도를 만든 것은
나그네의 명치에 사무친 그리움이었던 것입니다……

나그네가 솔여도에 발을 디딘 것은 중년이 되어서입니다
오랜 세월 동안 편지를 주고받으면서 정작 한 번도 얼굴
을 본 적이 없는
여인을 만난 것 같았습니다
입으로 능란하게 말할 수 있는 언어의 문자를 처음 보는

것 같았습니다

　　실제의 솔여도는 이야기 속의 솔여도와 많이 달랐습니다
　　물개를 훈련시켜 고등어를 잡는다는 어부들은 모두 사
라졌고
　　바다에 들어가는 순간 돌고래로 변신하는 소년들로 가득
차 있다는 분교는
　　오래전에 문을 닫았습니다
　　야생 염소들이 달밤에 모여 회의를 한다는
　　오백 살이 넘은 상수리나무도 찾을 수가 없었습니다

　　뭍에서 건너온 집들이 군데군데 독버섯처럼 돋아나 번
져 가고 있는
　　맥박이 잦아든 골목을 걸어 다니다가 나그네는 문득 깨
달았습니다
　　나그네의 입을 통해 이 섬의 이야기를 해 온 것이
　　어릴 적 살았던 동네에 대한 나그네의 향수가 아니라
　　모든 것을 잃어버린 솔여도 자신이었다는 사실을

눈 있는 자는 볼지어다

이곳 군도群島에서
봄은
색색의 가오리 떼를 따라 섬에서 섬으로 번져 갑니다

그런데 올해는
상죽도에 도착해 섬을 한 바퀴 돈 봄이 움직이질 않습니다

건너편 하죽도 주민들이 팔방으로 뛰어다니며 알아보니
가오리 떼를 이끌고 다니는 대왕 가오리가
미역이 무성한 불두덩처럼 생긴 바위에 붙어 꼼짝하지 않
는다는 것입니다

하죽도 한복판 이백 살 먹은 후박나무 아래서 마을 회의
가 열렸습니다
한나절 계속된 갑론을박 끝에 후릿배 선주인 이장이 결론
을 내렸습니다
대왕 가오리를 배에 실어 오기로 했습니다

대왕을 옮기는 데 사용할 도구는 모두 나무로 된 것을 써
야 합니다
몸에 상처가 나면 안 되기 때문입니다

그래야 상처 없는 봄을 맞을 수 있기 때문입니다

늙은 이장이 밤나무 막대기로 조심조심 바위에서 떼어
냅니다
장정 네 명이 서어나무로 만든 미늘창처럼 생긴 것을 하
얀 배 밑에 넣어
물 밖으로 들어 올립니다
기다리고 있던 목선 갑판에 천천히 내려놓습니다

드디어
떡갈나무 줄기 같은 팔 두 개가 긴 노를 젓기 시작합니다

물 밑에서는 수천 장의 색종이가
아다지오로 춤추며 노를 따라갑니다

매화 동백 민들레 쑥 벌 나비……
온갖 꽃들과 벌레들이 뒤섞여 만든 거대한 꽃구름이
배를 감싸고 바다를 건너갑니다

아, 눈 있는 자는 볼지어다!

첫 월급으로 쌍꺼풀 수술을 한 호박꽃 한 송이가

이 땅에서 가장 큰 태풍이었다는 사라가 쓸고 간 뒤에 일
어난 일입니다

오랫동안 거취도 모래톱에는 해골이 밀려왔고
그물에는 사람과 가축의 뼈붙이들이 걸렸습니다
물고기 배 속에서도 머리카락과 손톱이 하루도 거르지
않고 나왔는데
갈치 속에서 금이빨이 나오면
마누라 몰래 감추어 뒀다가 술을 사 먹기도 했습니다

그런데 태풍이 지나간 지 삼 년째 되는 어느 날 새벽
모래 위에 누워 있었던 뼈는 특이했습니다
남녀 한 쌍으로 보이는 뼈 둘이 꼭 끌어안고 있었는데
떼어 내어 섬 기슭 잔디밭에 묻어 주려고 해도
깍지 낀 손가락을 풀 수가 없어 합장을 할 수밖에 없었
습니다

그해 겨울에는 염소의 뼈도 하나 밀려왔는데
손이 닿자마자 벌떡 일어나
바위 밑에 반쯤 묻혀 있는 새끼 염소의 뼈에게 걸어가 젖

을 먹이는 것이었습니다

　신령한 장면에 감격한 사람들은 새끼가 젖을 물고 있는
채로 둘을 묻었습니다……

　함께 묻은 사람의 무덤에서는 여름마다 접시꽃이 피고
　염소의 무덤에서는 가을에 들국화가 핍니다

　접시꽃을 따서 머리에 얹으면 뭍에서 혼담이 건너오고
　들국화를 우리에 놓아두면 교미도 하지 않은 가축이 새끼
를 낳는다고 합니다……

　어느 여름 오후 비지땀을 흘리며 섬의 구절양장을 헤매
던 노총각 나그네는
　훤칠한 줄기에 연분홍 꽃이 만발한 무덤 앞에서 걸음을
멈추었습니다
　꽃 몇 송이를 따 흥건한 땀을 훔친 후 얼굴을 덮고 봉분에
기대 잠시 눈을 붙였습니다

　과연 꽃이 중매를 설까요?

\>

여하튼 나그네의 꿈속에서
첫 월급으로 쌍꺼풀 수술을 한 호박꽃 한 송이가
활짝 웃으며 물 위를 걸어오고 있었습니다

불알을 달고 태어난 아이가 통과해야 하는

보건소 하나 없는 삼례도 사람들이 무병장수하는 이유는
상처들이 주는 면역력 때문입니다

이 섬에서 태어난 아이들은 수없이 찔리고 물리면서 자
랍니다
　첫돌이 되기 전에 솔잎에 왼쪽 엉덩이를 찔리게 합니다
　세 살 봄에는 탱자나무 울타리에 붙어 있는 새잎을 따도
록 시켜서
　오른쪽 새끼손가락을 찔리게 하고
　네 살 늦가을에는 옻나무 이파리로 왼쪽 종아리를 문질러
붉은 독이 번지게 합니다
　다섯 살이 되면 갯벌에 풀어놓고 돌게에게 오른쪽 엄지
발가락을 물리게 하고
　일곱 살에는 하얀 장갑 속에 지네를 숨겨 왼쪽 집게손가
락을 물리게 합니다

　간혹 한 자 길이의 지네에게 발목을 물렸다가 살아나는
아이가 있는데
　검은 눈사람처럼 부풀어 올랐다가 회복된 아이는
　섬에서 가장 높은 자리인 이장이나 이장 부인감으로 일

찌감치 점찍힙니다

　맨손으로 독사를 잡아도 독사가 눈을 피하며 대가리를 숙
이는 아이
　꼭 이십 년마다 한 명씩 태어나는 이런 아이는 판수가 되거
나 암무당이 됩니다
　소금을 백 가마니 푼 연못에서 백 번을 목욕시켜도
　아이는 운명을 벗어날 수 없습니다

　이 섬에서 불알을 달고 태어난 아이가 통과해야 하는
　가장 기본적이고 중요한 의례는
　시퍼런 바다에게 물렸다가 살아 나오는 것입니다
　열 살 생일이 되면 아버지는 아들을 목선에 태우고 바다 한
복판으로 나가
　발가벗기고 배 밖으로 던져 버립니다
　부표 쪼가리 하나 주면서 아득한 섬까지 헤엄쳐 가게 합니다

　이 시험을 통과하지 못한 아이는 불가촉천민 취급을 받습
니다
　어른이 되어도 몸뻬를 입고 산기슭 돌담 두른 밭에서

부녀자들과 어울려 시금치나 캐야 하고 밥도 여자들과 둘러앉아 먹어야 합니다

이 강건한 섬의 남자애들은 옷을 입을 때 아랫도리부터 입습니다
윗도리부터 입는 아이는 가수내라고 놀림을 받습니다

미생도 까투리 사냥

미생도에서는 보름달이 뜨는 밤에 까투리 사냥을 합니다

보름이 되면
낮에 장정 네 사람이 한 조가 되어 섬 중턱 억새밭을 샅샅
이 훑고 다니다가
꿩알이 담겨 있는 둥지를 발견하면 그 자리에서
준비해 간 막걸리 한 말을 나눠 마시고
둥지를 둘러 지름이 한 길 정도 되는 달 항아리 모양으로
오줌을 싸는데
항아리의 입구 부분에는 오줌을 누지 않습니다

준비 작업을 다 마치고 산을 내려와 멍석을 깔고 앉아 화
투를 치고 있으면
그사이에 사람들을 피해 잠시 집을 나갔던 까투리가
열린 입을 통해 항아리 속으로 들어가 다시 알을 품습니다

수평선을 넘어온 달이 기세 좋게 둥둥 떠오르면
장정들은 낮에 만들어 둔 항아리들이 있는 곳으로 올라
갑니다

>

항아리에 다다르면 조원들은 각자의 위치로 흩어져 임무를 수행합니다

세 사람은 항아리의 허리와 엉덩이에서 까투리를 쫓고

항아리 입술에 한쪽 발을 붙이고 낫을 들고 기다리던 사람은 날아 나오는 까투리를 향해 낫을 휘두릅니다

경우의 수는 여러 가지입니다

사냥한 까투리를 삶아 놓고 살을 쭉쭉 찢어 먹으며 흥겨운 술판이 벌어질 수도 있고

목이 잘린 채 날개를 치며 달 속으로 사라지는 까투리를 멍하게 쳐다보는 경우도 있습니다

흔치는 않지만

늦가을 밤하늘의 초승달처럼 번쩍거리는 조선낫의 부리가 사냥꾼의 다리에 박히기도 합니다……

이 섬에서 유일한 주막인 째보 할매의 집 평상에는

낮부터 탁배기 한잔 걸치고 〈신라의 달밤〉을 부르는 절름발이를 가끔 볼 수 있습니다

소두방도 왜가리바위

습관성 술주정으로 옥황상제에게 자주 대들었던 신선이
북두칠성 잔으로 삼 년간 바다를 퍼 마시라는 형벌을 받
고 이 섬으로 귀양을 왔는데

시간이 소라고둥처럼 기어가는 술 한 방울 없는 외딴섬에
서 형기를 삼 분의 일도 채우기 전에
술친구가 그리워진 상제는 마른벼락을 세 번 쳐 천궁으로
오라고 칙령을 내렸습니다

하늘을 향해 열 번 절을 하고 데리러 올 선학을 학수고대
하고 있었는데
이놈이 학섬 부근에 살고 있는 암컷들에게 발정이 나 삼
천포로 빠져 버렸는지
열흘이 지나도 소식이 없었습니다

기다리다 지친 신선은 섬 기슭에서 백수건달로 놀고 있
는 왜가리를 꾀어
품삯은 나중에 주기로 하고 하늘 궁전까지 천 리를 타고
올라갔습니다

>

신선을 내려 주고

면상에 올빼미 눈알이 열 개 박힌 수문장이 건네주는 하늘 물 백 바가지를 단숨에 마시고

다시 천 리를 날아 섬으로 돌아온 왜가리는

삯으로 받기로 한, 한 마리만 먹어도 불로장생한다는 하늘 멸치 열 마리를 고대하며

다리를 물에 박고 하늘을 향해 입을 활짝 벌리고 있었습니다

그런데 궁전에 들어가자마자 상제와 주흥의 바다에 빠져 버린 신선은

왜가리 따위는 아주 잊어버렸고

우직한 왜가리는 십 년을 그 자세로 서 있다가 그대로 굳어 바위가 되었습니다……

부리에 앉아 있던 까마귀가 입 구멍에 똥을 싸고 날아갑니다

늙은 해녀들이 손으로 잡은 해삼을 썰고 직접 담근 막걸리를 파는 포장마차 천막에는

붉은색 페인트로 오 선 국회의원 머리통만 하게 그린 외

상 사절이라는 네 자가

사천왕처럼 눈을 부라리고 있습니다

성골 술고래는

소도 술을 마시고
양껏 마시고 나면 나훈아 조용필 노래 잘도 부르는 우혈
도에서
사내들이 모두 술고래이고 가수인 것은 지극한 당연지
사이고요

이 섬에서 신기한 것은
이 술고래들 중 일부가 가지고 있는
물 뿜는 고래와 말을 주고받을 수 있는 능력입니다

이 섬의 토종 성씨인 우씨 아버지와 마씨 어머니 사이에
서 태어난
성골聖骨 술고래는
술을 한 말 이상 마시면 바다에 사는 고래와 노래로 의사
소통을 할 수 있는데

태평양으로 떼 지어 가는 고래들을 정치망으로 끌어들여
섬의 경제를 책임지기도 하지만
이 천부적인 능력 때문에
젊은 놈들이 달 밝은 밤에 배 터지게 마시고 노래 부르

고 놀다가
　　밤바다에 몰려가는 고래 무리에 섞여
　　합창을 하며 수평선 너머로 떠나는 사건이 자주 발생했고
　　귀한 성골 집안의 대가 끊어진 적도 있었습니다

　　한 십 년 끊어졌던 집안의 대가
　　떠났던 놈들 중 한 명이 묵직한 금시계를 차고 볼링공이
든 가방을 끌고
　　수평선 너머에서 걸어와 다시 이어진 후에

　　성골 우씨는 술 마실 때 노래를 할 수 없다는
　　법이 만들어졌습니다

　　원성이 자자한 이 법은 지금도 시행 중인데
　　위반하면 다음 날은 반드시 하루 동안 금주해야 한다는
엄혹한 형벌 때문에
　　여태껏 어긴 사람이 아무도 없습니다

슬픔은 오래전에 실종선고를

해갑도 치마폭에 얹혀 있는 이 동네의 모든 집에는
선녀의 허벅지 같은 모래톱을 맨발로 통통 튀어 다니는
물새 발자국이 서너 개 찍힌 질그릇 잔이
군불 연기에 그을린 부엌 벽에 걸려 있습니다

이 잔에 탁주를 부어 하루에 한 잔씩 마시면
마음 전신에 새하얀 물새 깃털이 돋아나 세상의 어떤 물
도 바로 털어 낼 수 있습니다

하여, 이 동네 남자 어른들의 가슴속에서 슬픔은 오래전
에 실종선고를 받았습니다

오 년에 한 번씩 어김없이 장례식이 찾아오면
이 섬의 장정들과 노야들은
아홉 가지 해초를 말려 빻은 가루에 팔손이나무 이파리에
고인 이슬을 부어 빚은 환약을 먹고
이미 흔적기관이 되어 버린 눈물샘을 깨워야 합니다

이백 살 먹은 시 어른에게

술잔과 거문고와 붓만 들고 외거칠리도로 유배 온 신선은
달이 훤한 밤마다
싸리나무 통발로 잡은 붕장어를 안주로 술을 마시며
거문고를 뜯고 시를 지었습니다
붕장어 안주로 술을 마시며 쓴 시는
행 하나하나가 붕장어처럼 살아 움직이곤 했는데
이런 시가 태어날 때마다
신선은 섬의 동쪽 언덕에 묻어 두고 매일 아침 술을 한 잔
씩 부어 주었습니다

이 시들이 발아되어 자란 것이
일백마흔아홉 그루 후박나무 숲입니다……

팔월 염천炎天
나그네는 이 섬에 오르자마자
이백 살 먹은 시詩 어른에게 탁주 한 사발을 공양합니다

굴뚝에는 꽃이 활짝 핀 벚나무가

녹운도에서는 혼삿날이 정해지면
해마다 말려 마을 회관 창고에 쌓아 둔 벚나무 꽃잎을 꺼내
매일 저녁 세 가마씩 처녀의 방에 군불을 넣어 줍니다
군불을 넣을 때마다 굴뚝에는
꽃이 활짝 핀 벚나무가 한참을 서 있다가 하늘로 사라집니다

무학소주 한 잔을 갈치의 입에 부어 주고

사이도에서 제일 소심한 이름, 용삼이가 주방장으로 일하
는 배의 그물에
말아 놓은 멍석 크기의 갈치가 걸렸습니다

엄청난 횡재에 신이 난 선원들은
그날의 작업을 중지하고 바로 술판을 벌였습니다

안주로 돌문어 라면 열다섯 그릇을 끓여 주고 주방을 나가
괴물 갈치를 자세히 살펴보니
대가리에는 동백꽃 같은 귀 두 개가 피어 있었고
배에는 닭발처럼 생긴 발 네 개가 나와 있었습니다
눈구멍에 박혀 있는 탁구공만 한 눈알은 무지갯빛 커다란
구슬이었습니다
틀림없이 신수神獸라는 생각이 들자 두려움에 사로잡힌 용
삼이는
선장에게 놓아주자고 애원을 했습니다

용삼이의 주장을 놓고 선원들은 두 패로 갈라져 싸웠는데
당장 회를 떠서 먹어 버리자는 놈도 있었습니다

한참을 좌고우면하던 선장은
맥주잔에 소주를 가득 부어 단숨에 두 잔을 마시고
용삼이의 말을 받아들여
무학소주 한 잔을 갈치의 입에 부어 주고 바다로 돌려보
냈습니다

그런데 갈치가 배를 천천히 한 바퀴 돌고 사라진 뒤 한 시
간쯤 지났을 때
멀리서 안개 섬 하나가 배를 향해 거침없이 다가오더니
배에서 딱 십 보 떨어진 거리에서 멈추었습니다

놀라서 갑판에 머리를 박고 엎드려 있던 선원들이
고개를 들고 안개 속을 들여다보니
온갖 종류의 물고기 떼였습니다
안개는 억만 어군魚群이 뿜어내는 날숨이었습니다

다시 신바람이 난 선원들은 달이 하늘 한가운데 올 때까지
그물이 찢어져 가며 당기고 또 당겼습니다……

용왕이었던 것입니다

용삼이의 말을 듣지 않고 용왕을 잡아 가두었다면
용왕이 배를 통째로 끌고 바다 밑으로 내려갔을 것입니다

물개 네 마리가 꽃상여를 메고

외초도 동네 마당에서 장례식이 있었습니다

탁주 한 다라이를 산돼지가 다니는 길목에 놓아두었던 외팔이 병구가
하룻밤을 자고 다시 그 자리에 가 보니
큰 장독만 한 돼지가 술에 취해 코를 골며 자고 있었다고 합니다
굴러 들어온 호박 덩어리를 혼자 차지하려는 욕심에 눈이 먼 병구는
마을 사람들을 부르지 않고
밭둑에 박혀 있는 말뚝을 뽑아 있는 힘을 다해 돼지의 머리를 내리쳤다고 합니다
그런데 오래 삭은 말뚝이 그만 뚝 부러져 버렸고
단잠을 깬 돼지가 벌떡 일어나 성난 엄니로 병구의 배를 들이받았다고 합니다
병구는 지문이 없는 왼손으로 쏟아진 창자를 주워 넣다가 쓰러졌다고 합니다⋯⋯

물개 네 마리가 꽃상여를 메고 수평선 너머로 사라졌습니다

마지막 꽃가루가 바람에 실려 갈 때

가동도 우물가에는 삼백 살 먹은 동백나무가 있습니다

이 나무의 꽃은 지지 않고 잦아들어 흔적 없이 사라지는데
꽃이 땅에 떨어지면 사람이 죽습니다……

어느 날 밤
백 살이 넘은 어머니를 모시고 사는 외동딸 효선이가
물을 이고 동백나무 아래를 지나가는데
꽃 한 송이가 떨어져 물동이에 얹혔습니다

물통에 물을 붓다가 꽃을 발견한 효선이는
버리지 않고 실에 꿰어 벽에 매달아 두었다가
꽃이 흙빛으로 시들자
대소쿠리에 넣어 선선한 곳에 걸어 두었습니다

어머니는 꽃이 모두 가루가 되어 사라질 때까지 건강하
게 살았고
어느 밤 깊이 잠든 사이
마지막 꽃가루가 바람에 실려 갈 때 저승으로 갔습니다

전생에 쥐였던 기라

마항도 술쟁이 주태가 죽었습니다

백주 대낮에 소주 여섯 병을 안주 없이 마시고 툇마루에
서 자다가
목이 타서 마루 구석에 있는 대접의 물을 들이켰는데
그것이
벽 속에 숨어 있는 쥐를 잡으려고 주태 마누라가 쥐약을
타 놓은 것이었습니다
마누라가 뭍에서 장을 보고 막배로 돌아와 보니
주태는 이미 저세상으로 떠났고
주태가 남긴 약을 핥아 먹고 커다란 쥐 한 마리도 주태 옆
에 누워 있었습니다

몽돌밭에서 화장을 하면서
사람들은 수군거렸습니다

전생에 쥐였던 기라
하루도 안 거르고 마누라 속을 그리 갉더마는
저승길도 쥐하고 동무하고 안 가나……

사람의 말로 주정을

소봉도의 유일한 소인 황소 일우가

꽃 피는 봄에

진달래 머리에 꽂고 더운 김 내뿜으며

산기슭 다랑논들과 밭들을 다 갈고

남해 바다 푸른 물에 시원하게 목욕을 하고 나면

사람들은 산낙지 한 바케쓰와 탁주 한 다라이로 주안상

을 차려 줍니다

일우가 술을 마실 때에는

굴레뿐만 아니라 코뚜레도 벗겨 주는데

술에 만취되면

일우는 사람의 말로 주정을 하고

코를 골고 자면서 사람의 말로 잠꼬대를 합니다

다음 날 저녁까지 푹 자고 술이 다 깨면

다시 코뚜레를 끼우고 굴레를 씌우는데

코뚜레가 코중격을 통과하는 순간

일우는 전생의 말을 다 잊어버리고 다시 소 울음소리를

냅니다

대구을비도국민학교 5학년 이상철의 가정 통신
문 중에서

상철이는 교실 유리창에 대가리를 부딪쳐 죽은 제비의 장
례식을 주도하는 등
지도력이 돋보입니다
대구 배를 따 내장을 들어내고 건조대에 올리는 솜씨가 급
우들의 추종을 불허해
실과 점수는 늘 일등입니다
다만 상괭이 등을 짚고 물구나무서기를 하는 데 서툴러 체
육 성적이 중간 정도인데
뱃고물에 박힌 놋좆의 귀두에 오른발 안쪽 복숭아뼈를 대고
외발로 서서 눈 감고 오줌 누는 연습을 하면
체육에도 우수한 학생이 될 겁니다
그리고 지난봄 소풍 때 어머니께서 손수 삶아 보내 주신 갈
매기알에 대해서는
뭐라고 감사를 드려야 할지 모르겠습니다
같이 근무하는 제 아내 이경희 선생은 알을 먹은 그날 밤
가슴속에 있는 검은 돌이 하얀 새끼 갈매기가 되어 걸어
나가는 꿈을 꾸고
십 년 넘게 시달리던 우울증에서 해방되었습니다
거듭 머리 숙여 감사드립니다

1978년 6월 28일 맑음

　아빠는 가래 끓는 발동선을 몰고 사흘째 물고기 떼를 쫓아다니고 있습니다
　엄마는 남새밭에 소라고둥처럼 붙어 있다가 해거름에 일어납니다
　오빠는 물개 새끼를 잡아 키우겠다고 숙제도 하지 않고 바다를 돌아다닙니다

　염소는 언제나 내 몫입니다
　어미 배 속에서 먹는 풀과 먹으면 죽는 풀을 알고 태어나는 염소는
　배가 장고처럼 탱탱해질 때까지 곁눈질도 하지 않고 풀만 먹습니다
　염소가 먹는 풀은 사람이 먹어도 됩니다
　학교에서 배운 노래를 연습하다 보니 배가 고파 염소가 먹는 풀을 조금 뜯어 먹다가
　호박 찌짐 같은 달이 뜨면 언덕을 내려옵니다

　부서진 나무배 조각을 모아 피운 불에 엄마가 고등어를 굽고 있습니다
　오빠는 꿈속에서 물개가 되었는지 물개 울음소리를 내

며 자고 있습니다

　내일은 내 생일이고 아빠가 돌아오기로 약속한 날입니다
하나님! 내일은 바다를 꼭 잠재워 주세요!
꼬옥요!

　• 소덕도국민학교 5학년 박선유의 일기.

유익서 음악 선생님께

선생님 잘 계시지요?

저도 잘 지내고

선생님이 아기 토끼라고 별명을 지어 주신 여동생도 잘
있습니다

오늘은 선생님께서 내 주신 숙제 때문에 편지를 씁니다

마음에 드는 소리를 찾아 항아리에 담아 오라는 음악 숙
제를 하느라고

비닐봉지를 들고 밤마다 바다에 나가

청둥오리 울음소리를 넣어 와 빈 간장독에 모아 두었는데

어제 건이와 썰매를 타고 놀다가 집에 돌아오니

엄마가 독을 깨끗이 씻어 큰고모가 들고 오신 김치를 쌓
아 둔 게 아니겠습니까

뚜껑을 열자마자 소리들이 뒤뚱거리며 걸어 나와 다시 바
다로 들어가 버렸습니다

개학이 얼마 남지 않아 속이 상해 잠을 못 자고 있었는데

아빠가 제가 마당에서 키우고 있는 새끼 오리를 안고 오
시더니

오리의 몸이 소리를 담고 있는 항아리라고 하시면서

오리를 데리고 가서 선생님께 드리라고 하셨습니다

아빠 말씀을 듣고 보니 그런 것 같기도 하고 아닌 것 같기도 하고……

선생님 그래도 될까요?

하서도국민학교 5학년

이윤솔 올림

조덕현 미술 선생님께

미술 선생님 잘 계시지요?

저는 잘 지내고 있고 개구쟁이 인이 오빠도 잘 지내고 있습니다

그리고 달붕이도 잘 있습니다

선생님 달붕이 기억하시지요?

내장덕도에 두 마리뿐인 우리 집 금붕어 중 한 마리를

고양이가 물고 가 버려 속이 상해 있을 때

선생님께서 금붕어를 사진처럼 그려 주시며

지느러미 하나 비늘 한 개도 다치지 않게 오려 두었다가

보름달이 연못 한가운데로 들어올 때 연못에 넣으면 금붕어가 된다고 하셔서

그대로 했더니 진짜로 금붕어가 생겼고 이름을 달붕이라 지었지요

그 순간만 생각하면 지금도 깡충깡충 뛰게 됩니다

또 고양이가 올까 봐 겁이 나서

오빠가 사나운 거위를 키워 연못을 지키고 있답니다

거위 이름은 천둥이인데 목소리가 정말 크고

물고기는 절대로 먹지 않고 개구리와 지네만 잡아먹습니다

아빠는 평상에 앉아 생선회를 드실 때마다

너그 미술 선생님 뭍에 살면 생선 비린내가 그리울 낀

데……

　　하시면서 선생님 이야기를 꺼내십니다

　　날씨가 무척 춥습니다

　　어제는 앞바다가 하얗게 얼었습니다

　　언제나 건강하게 잘 지내십시오

　　내장덕도국민학교 5학년

　　이은 올림

제2부

1978년 1월 12일 내죽도 함박눈

어제는 할배 제삿날이었습니다

물개 수염에 불을 붙여 향 단지에 꽂아 놓고 기다리다가
그만 잠이 들어 버렸습니다

수염 타는 냄새를 맡은 할배가
물개를 타고 바다를 건너와
제상에 차려 놓은 도미 찢어 간장에 찍어 먹고
탁주 한 사발 마시고 간 모양입니다

아침에 일어나 보니
저승 구멍가게에서 사 주머니에 넣고 다니다가
손자 머리맡에 놓아둔 수정 구슬 세 개가
눈을 반짝거리고 있었습니다

1978년 1월 20일 내죽도 대구

밤마다 살쾡이가 닭을 물고 갑니다
싸움닭을 구해 지키게 했더니 싸움닭도 물고 가 버렸고
똥개 두 마리를 시켜 지키게 했더니 둘 다 겁이 많아 자
는 척해 버립니다
꼭대깃집 재성이 삼촌에게 부탁해서 독사와 지네를 먹
이로 키우는
목에 굵은 쇠사슬을 걸고 다니는 서른 살짜리 거위를 데
리고 왔습니다
툇마루 기둥에 매 놓고 하루 종일 아무것도 주지 않고 굶
겼다가
밤에 풀어놓았습니다
다음 날 아침
눈알이 뽑히고 대가리에 구멍이 뚫린 살쾡이 한 마리가
닭장 앞에 뻗어 있었습니다

1978년 2월 26일 내죽도 마파람

우리 섬에서 올라간 연과 건너편 섬에서 올라온 연이 싸움을 하다가
연줄이 끊어지면
우리 쪽에서는 물개가 가서 물고 오고 건너편 쪽에서는 상괭이가 물고 갑니다

오늘도 연싸움이 있었는데
어미 물개가 몸살 기운이 있어서 새끼 물개가 대신 나왔습니다
바다 위에서 한참을 싸우다가 우리 연이 지고 말았습니다

수평선 방향으로 날아가는 연을 바라보며 새끼 물개가 신나게 헤엄을 쳤습니다
물에 닿기 직전에 입으로 연을 물었고 다시 신나게 헤엄을 쳐 왔습니다
그런데 부두를 열 보 남겨 놓고 그만 힘이 빠져 연이 물에 젖어 버렸습니다

어미에게 혼내지 말라고 신신당부를 하고 집에 와서 저녁을 먹고 있는데

새끼 울음소리가 들렸습니다

밥을 다 먹고 바닷가로 내려가 새끼를 데리고 왔습니다
동갑내기 강아지와 함께 재웠습니다

1978년 3월 2일 내죽도 도다리

정 씨 집 대문 옆에
동백꽃이 가득 쌓여 있습니다

옥토끼라는 별명을 가진 정 씨 둘째 딸
옥희 누나를 짝사랑하는 언달이 아재가
한 바지게 따 와서 밤에 몰래 부어 놓고 도망을 쳤다고
합니다

빨래터 아지매들이 시끄럽습니다
누나는 하루 종일 집에 숨어 있습니다

1978년 3월 21일 내죽도 털게

갯마당 한가운데에 서 있는 두 아름드리 늙은 살구나무가
삼 년 만에 꽃을 피웠습니다
이빨이 몇 개 안 남은 할배들이 모두 모였습니다
장작불 활활 타오르는 화덕에 무쇠솥 뚜껑 뒤집어 올려놓고
지네를 구워 먹습니다
탁주를 따라 마십니다
가는 봄날 아쉬워 노래를 부릅니다
하롱하롱 날리는 하얀 꽃잎이 술잔에 떨어집니다

1978년 3월 29일 내죽도 꽃지짐

토끼 쫓아 온종일 산을 돌아다니며
칡뿌리 캐 먹고 개 똥구멍이 된 입들이
진달래꽃을 한 가마니씩 따 먹었습니다

꿈속에서 회충들이 분홍색으로 물들었습니다

1978년 4월 4일 내죽도 복사꽃

외팔에 외다리 험상궂게 생긴 상이군인 아저씨가
찢어진 군복을 입고 동냥을 얻으러 왔습니다
할머니가 보리 한 되를 주려고 하는데
육이오 때 군대 생활을 했던 고숙이 닭을 잡다가 눈을 부릅
뜨고 나오더니

열중쉬어! 차렷!
뒤로돌아! 집으로 가!
우렁찬 목소리로 명령을 했습니다

그런데 이게 무슨 일인가요?
상이군인의 군복 속에서 다리가 쑥 나오고 팔이 쑥 나오더니
양팔을 씩씩하게 흔들며 대문 밖으로 걸어 나갔습니다

1978년 4월 19일 내죽도 송화

　어젯밤에 혼자 노 젓고 낚시 간 상일이 아재가 돌아오
지 않아
　이른 아침부터 섬에 있는 모든 배들이 찾아 나섰습니다

　큰 바다로 나가는 입구에서 아재의 배를 발견했는데
　아재는 빤쓰도 걸치지 않은 알몸으로 드러누워 있었고
　이상하게 생긴 술병들과 전복 소라 껍데기들이 배에 널
려 있었습니다

　인어에게 당했다고 합니다
　아재처럼 불알에 곰팡이 핀 노총각만 노리는 인어가 있
다고 합니다
　달밤에 예쁜 색시처럼 차려입고 술상을 들고 나타나
　늙은 총각의 혼을 빼고 술에 취해 자게 만든 뒤
　간을 꺼내 먹는다고 합니다

　다행히 아재는 코를 골고 있었습니다

1978년 5월 4일 내죽도 보슬비

동네 형들이 모여 조릿대 끝에 못을 박아 화살을 만들었
습니다
돌도끼로 아카시아를 잘라 배 못을 묶어 창을 만들었습니다

보름밤마다 건너편 섬으로 몰래 가서
여자 친구들을 배에 태우고 바다로 나와 놀곤 했는데
어제는 미리 정보를 알고 잠복해 있던 녀석들에게 기습 공
격을 당해
많이 맞았다고 합니다

내일부터 학교에서 돌아오자마자 활과 창을 들고 노루 사
냥을 하면서
특공대로 변신하자고 다짐하며 군인 경례를 하고 헤어졌
습니다

작년에 우리 섬에서 제일 용감한 똥개를 뒷발로 차
대가리를 부숴 버린 송아지만 한 노루는
산기슭에 앉아서 형들의 계획을 다 들었을 겁니다
듣고 귀 부채로 날파리를 쫓으며 하품을 했을 겁니다

1978년 6월 6일 내죽도 무지개

혼자 사는 외팔이 두식이 아재가 죽었다고 합니다
어제 후릿배에서 한 바케쓰 얻어 온 복어로
회도 치고 국도 끓여 소주 한잔 걸치며 맛있게 먹고
담배 물고 평상에 누워 달을 보다가
자는 듯이 죽었다고 합니다

1978년 6월 29일 내죽도 물안개

구중물이 진하게 들었습니다
입을 물 밖에 내놓고 뻐끔거리며 갯가로 몰려오는 물고
기 떼를 쪼며
걸신들린 갈매기들이 날개를 쳤습니다

감나무집 할배가 족대를 들고 바다로 들어가다가
점심 대신 통째로 삼킨 새끼 뱀 두 마리가 배 속에서 꿈
틀거리는 바람에
그만 넘어지고 말았습니다

재빠르게 붕장어로 변신한 뱀들은
할배의 입을 뚫고 나가 바다로 사라졌습니다

붕장어 대가리에 부딪혀 빠진 금이빨은 결국 찾지 못했
습니다

1978년 7월 17일 내죽도 뭉게구름

누렁이 배 속에 강아지가 열 마리 들어 있습니다
걷는 것도 힘들어하고 잠도 잘 못 잡니다

엄마가 소쿠리 들고 밭에 가면서
보약을 좀 멕여야 할 긴데……

때죽나무 이파리를 바지게 가득 지고 와서
절구통에 붓고 공이로 찧어 광주리에 담았습니다
논배미들 사이에 있는 연못에 가서 물 위에 골고루 뿌렸
습니다
한 시간쯤 지나니
붕어 미꾸라지 참게 등등
연못에 숨어 있던 온갖 것들이 잠이 든 채 올라왔습니다
뜰채로 광주리 가득 떠서 집으로 가지고 와
무쇠솥에서 한참을 끓여 누렁이에게 주었습니다

1978년 7월 21일 내죽도 산딸기

메뚜기 미끼로 다듬잇방망이만 한 숭어 서른 마리를 낚았습니다

엄마가 시커먼 부엌칼로 배를 따 맨드라미꽃 섞인 창자들을 들어내고
세 마리는 회를 떠 밥상에 올리고 나머지는
변소 옆 우리에 사는 사람 나이로 백 살인 씨돼지 죽통에 부어 주었습니다

밤중에 오줌이 마려워 변소에 갔더니
모로 누워 자는 돼지가 새끼 목소리로 잠꼬대를 하고 있었습니다
배 속에서 무럭무럭 자라는 열두 마리 아기들이
저마다의 꿈속에서 은빛 숭어가 되어 남해 바다를 헤엄치고 있는 모양입니다

1978년 8월 3일 내죽도 달무리

모두 자는 한밤중에 배가 고파 포도 서리를 나갔습니다
도둑고양이처럼 대문을 나가
돌담 너머 장 씨 포도밭에 팔을 뻗어 포도송이를 잡았는데
갑자기 온몸에 소름이 돋았습니다
포도송이를 감고 자고 있는 뱀을 함께 잡은 것이었습니다
손을 놓는 순간 물린다는 생각에
송이와 뱀을 꽉 움켜쥐고 다시 집으로 들어와
변소 옆 돼지우리로 가서 있는 힘을 다해 던졌습니다
포도송이와 뱀이 순식간에 씨돼지 배 속으로 사라졌습니다

1978년 8월 15일 내죽도 무화과

섬에서 제일 큰 소나무 꼭대기에 독수리 한 마리가
오전 내내 바위 덩어리처럼 앉아 있다가
배가 고팠는지 점심때 무렵
마을 회관 지붕 밑에 붙어 있는 제비 집을 통째로 움켜쥐
고 날아갔습니다

독수리가 도둑질하는 걸 본 어미 제비가 독수리를 쫓아가자
수백 마리 제비들이 거대한 제비 모양으로 떼를 지어
독수리를 따라가며 주둥이로 공격하기 시작했습니다
대군에 놀란 독수리는 다급하게 날개를 치며 바다 위를 이
리저리 도망 다니다가
결국 제비 집을 놓고 수평선 너머로 사라졌습니다

떨어지는 제비 집을 물개가 입으로 받아서 갯가로 올라왔
습니다
다행히 새끼 제비 세 마리는 살아 있었습니다

할머니는 늘 말씀하셨습니다
제비는 영물이라 해코지하면 벌받는다고

1978년 9월 14일 내죽도 전어

마당 꽃밭에 활짝 핀 국화꽃 냄새가

찢어진 창호지 구멍을 통해 들어와 방을 가득 채웁니다

펄펄 끓는 구들장에 엎드려 졸음을 참아 가며 산수 숙제
를 하고 있는데

귀뚜라미 한 마리가 베개 위에 서서 노래를 부릅니다

새끼 물개가 툇마루에 올라와 문고리를 물고 당기며 달구
경을 가자고 조릅니다

공책을 덮고 일어납니다

나머지 숙제는 내일 아침 일찍 일어나 해야겠습니다

1978년 9월 21일 내죽도 코스모스

볏짚 모아 불을 피워
벼 이삭을 구워 먹었습니다
개구리를 구워 먹었습니다
살찐 가을 독사를 조릿대로 꿰어 구워 먹었습니다
턱수염 기른 염소 영감이 침을 흘리며 옆에 앉아 있었습니다

1978년 10월 3일 내죽도 새털구름

작년 이맘때 뗏목에서 일하는 엄마 곁에서 놀다가
엄마가 잠시 한눈파는 사이에 송사리들이 부르는 소리
를 듣고
물속으로 들어가 버린 아기가 있었습니다
멀리서 물개가 보고 부리나케 헤엄쳐 왔지만
구하지 못한 아기가 있었습니다

빈 독을 관 삼아 잠자는 아기를 넣고 묻은 돌무덤가에서
귀뚜라미가 울고 있습니다
귀뚜라미 소리를 듣고 아기의 꿈속에서
반딧불이 태어나고 있습니다

1978년 10월 20일 내죽도 들국화

황토밭 쟁기질을 끝내고 돌아온 고숙이 닭을 잡고 있습니다

담배를 물고
검은 씨암탉의 모가지를 비틀어 감나무 그루터기에 놓고
생선 비늘이 붙어 있는 부엌칼로 내리칩니다
닭의 대가리는 절구통 밑에 떨어지고
대가리 없는 닭의 몸은 마당을 이리저리 뛰어다니다가 쓰
러집니다
익숙한 솜씨로 털을 뽑더니 배를 가르고
생기다 만 달걀들과 붉은 간을 꺼내 소금에 찍어 먹은 뒤
무쇠솥에 던집니다
솔가리 한 줌에 담뱃불을 붙여 아궁이 가득 쌓인 장작 속
에 밀어 넣습니다

닭의 대가리는 자기 몸이 다 삶길 때까지
눈을 부릅뜨고 고숙을 쳐다보고 있습니다

1978년 11월 14일 내죽도 보름달

둥근달에서 나온 무수한 빛들이 바다에 부딪쳐
억만 마리 멸치들이 파닥거리는 것처럼 보입니다
멸치를 잡아먹으러 도미 군단이 왔습니다
도미 떼를 쫓아 상괭이 무리가
달빛을 가르고 종횡무진 돌아다니고 있습니다

아침이 오면 상괭이 몇 마리가 그물에 걸려 있을 것이고
동네잔치가 벌어질 것입니다

똥개를 달고 달구경 나온 폰택이 아재가 침을 꿀꺽 삼킵니다

1978년 12월 5일 내죽도 청둥오리

차용이 삼촌과 함께 오소리 사냥을 갔습니다

똥개가 늠름하게 앞장을 섰습니다

산 중턱에 다다랐을 때

오소리 냄새를 맡은 똥개가 신이 나서 뛰어가 굴에 대가
리를 밀어 넣었습니다

그러나 몇 초 못 버티고 얼굴이 피투성이가 되어 뒷걸음
을 치고 말았습니다

삼촌이 솔방울과 마른 풀을 모으더니 굴 앞에서 불을 피
웠습니다

담배를 물고 천천히 부채질을 해서 굴속으로 연기를 보
냈습니다

나는 삶은 고구마를 먹었습니다

삼십 분쯤 지나니

힘이 다 빠진 오소리가 기침을 하면서 나왔습니다

삼촌이 지겟작대기로 힘껏 대가리를 쳤습니다

똥개가 조심조심 다가오더니

앞발로 죽은 오소리를 건드리며 꼬리를 흔들었습니다

완전한 귀향의 몽상

구모룡(문학평론가)

1993년 비교적 일찍 등단하였으나 이중도 시인이 본격적으로 문단에 자기를 알린 계기는 제1시집 『통영』(2013)의 발간이 아닌가 한다. 실로 등단 20년 만의 일인데 이 시집에는 마흔을 넘겨 고향 통영으로 귀환하면서 쓴 시가 적지 않다. 표제를 '통영'으로 삼은 연유도 귀향의 의미를 표 나게 내세우려는 의도와 무관하지 않다. 이 이후 그의 시심은 봇물 터지듯 쏟아져 『새벽시장』(2014), 『당신을 통째로 삼킬 것입니다』(2015), 『섬사람』(2017), 『사라졌던 길들이 붕장어 떼되어 몰려온다』(2019) 등의 시집 발간으로 이어진다. 모두 통영에 돌아온 이후의 일이므로 고향과 시적 발상의 연관성을 주목하지 않을 수 없다. 물론 고향이나 유년이 서정의 원천이라는 일반론이 없지 않다. 현대사회에서 고향은 그리움, 단절, 상실 등의 다양한 맥락을 지닌다. 고향을 떠나 대도시에서 생활하는 사람에게 고향은 그의 사회적 삶에 따라 다른 의미를 나타내기 마련이다. 이중도 시인에게 있어서도 고향은 복합적인 의미를 지닌다.

일찍부터 "파도 같은 시인이 되겠다고/ 외치던 내 꿈"(「통영 4」, 1. 인용한 시편의 제목 뒤에 명기한 번호는 시집의 순번을 말하며 이 이후에도 같은 방식으로 표기한다)을 지녔던 탓이 먼저이지만 "초록의 요람"(「고향」, 1)으로의 귀향과 마흔의 감각(「통영 15」, 1)이 한데 만나면서 그의 시 쓰기가 활발해진다. 불혹에 이르러 배회와 방황을 마감하면서 고향에 안주한 의미가 새롭게 발견된다. "거리를 떠돌던 젊은 날/ 밤, 늘 무쇠 덩어리로 만선이었던 그 시절/ 그 아침들은 집을 잃고 훌쩍 떠났다가/ 힘 빠지는 만큼 돌아보아야 할 주변 죽순처럼 돋아나는/ 귀갑의 시절 마흔/ 내 나이 벌써 지났는데/ 무슨 까닭도 없이 온다는 기별도 없이/ 그 아침들이 돌아왔다!"(「그 아침들이 돌아왔다」, 2)라고 말하듯이 건강한 동경의 대상인 "아침"의 낭만주의가 현실이 되었다. "수도에서 살 때는/ 놀아 보려고 악을 썼다/ 남쪽에 사니/ 저절로 놀아진다"(「남쪽에서 놀다 10」, 2)라는 진술처럼 도시와 시골의 단순한 선악 이분법이 아니라 생의 리듬이 변전하는 몸의 경험으로 표출된다. 물론 이러한 과정은 고향 통영 사람과 마을, 시장과 거리, 바다와 섬을 두루 만나면서 이루어진다. 시인은 이를 "샅샅이 훑어 지지 하나 만들고 싶은"(「지지—섬 2」, 3) 심경이라고 한다.

고향의 지지地誌를 온몸으로 만들려는 의지의 발현이다. 귀환과 재발견에서 구체적인 내적 체험으로 나아가는 행보이다. 원경에서 근경으로 배회하면서 추억을 떠올리고 사물과 대화하면서 삶의 내력과 이야기를 서술하게 된다. 가령 '텃개' 연작의 마지막 시편인 「코스모스길-텃개 7」은 귀향에 관한 시인의 태도를 제대로 집약한다.

그 코스모스 길 떠올라 눈 감고 걸었습니다 마을 어귀에서 초등학교까지 육 년 내내 걸어 다녔던 그 흙길 떠올라 한참을 다시 걸었습니다 추억이 모치처럼 퍼덕거렸습니다 튀어 오르는 몇 마리는 비늘이 몇 개인지도 알고 있는 놈들이었습니다 눈부신 은비늘 쓰다듬으며 걸었습니다 불쑥 돋아난 등지느러미 가시에 눈물 찔끔거리며 걸었습니다

—「코스모스길-텃개 7」 전문, 3

이러한 시편에 이르러 시인의 귀향 연습이 완성되었음을 알기 어렵지 않다. 추억의 풍경이 지금-이곳의 풍경이 되어 구체적으로 감각되고 있다. 적어도 제3시집을 경유하면서 고향은 회억回憶의 대상이 아니라 새로운 삶의 현장으로 표출된다. 제4시집의 「시인의 말」에서 시인은 "남쪽 연안에 둥지를 틀려고 마른 가지 물어 나르던 때가 엊그제 같은데, 어느새 붙박이가 된 모양이다. 낯가리던 섬들이 먼저 말을 걸어온다"라고 쓰고 있다. 그립던 장소를 찾아가서 내면을 확인하던 방법과는 확연히 다르다. 이제 외부의 사물이 말

을 건네고 서로 행위자가 되어 시적 주체에게 다가온다. 또한 "사람의 품으로 역류하지 않는다"(「야생」, 4)라는 지향처럼 외부의 사물을 향한 의지가 가열하여 "찬물에 세수하고 나무 베고 살아도/ 그 누구도 신하 삼을 수 없는 마음"(「시골집」, 4)을 갖는다. 기억의 장소를 찾고 자기동일성을 확인하는 데서 성큼 더 나아간 형국이다. "마름질하지 않은 통나무 같은/ 길들지 않는 갈기 같은/ 섬 한 채"(「시골집」, 4)로 진술된 야생의 지향에서 시인의 시적 지평이 확대되고 있음을 알 수 있다. 그러니까 귀향 이후 고향과 친화력을 회복하여 새로운 삶의 양식을 찾는 한편, 더 나아가서 "시원"(「독사」, 4) 혹은 원초적 세계를 동경하게 된다. 여기에서 시인의 섬에 관한 관심이 확연하다. 섬은 두고 온 환멸의 자본주의 도시도 아니고 지금 이곳에 없는 이상향도 아니다. "갈 수 없는 섬"(「밤비」, 4)이라고 하더라도 부재의 환영은 아니다. 그것은 "무주공산을 통째로 삼키는 칡넝쿨 파도 같은/ 늘 공복인 자본들"(「시골 버스」, 4)이 지배하는 현실의 저편에 "마음의 지층 어딘가에 푸른 마그마로 살아 있는 섬"(「신화의 시간」, 4)이다.

소가 아프면 저녁 내내 소의 배를 쓰다듬던
굳은살 박인 커다란 손이 있었다

일어설 수 없는 생도 한 지붕 아래서
당당히 방 한 칸을 차지하고 있었다

어떤 지붕이 콜록거리면 섬 전체가 콜록거렸다
한 몸 되어 콜록거리는 일이 섬의 호흡이었다

그 푸른 숨결에 복사꽃 구름처럼 피어났다
맑은 샘물 끊어지지 않았다

그 섬에 가고 싶다

—「그 섬에 가고 싶다」 전문, 4

이처럼 시인의 시적 지평에 등장하는 섬은 추억의 장소이
면서 신화의 공간이다. 통영의 여러 길과 시장, 사람과 마
을에서 추억을 되새기고 삶의 활력을 느끼는 일에서 더 나
아가는 정동의 지점에 섬이 있다. 시인은 제4시집에서 이러
한 섬을 동경하고 제5시집을 통하여 "연안에서 태어나 연안
에 꽁꽁 묶여 있는 나"를 드러내며 "남쪽 연안"(「시인의 말」)을
더욱 활발하게 배회한다. 연안역의 삶은 "자본의 민낯에 칠
해진 싸구려 화장이 물 위에 번져/ 무지개들 보릿대춤을 추
는 시간"(「어느 십일월 저녁」, 5)과 "온갖 지느러미들의 율동으
로 가득 찬 충만한 삶"(「만조」, 5)의 건강한 욕망이 공존하는
세계이다. 시인에게 섬은 이러한 구체성의 현실을 가로지
른 탈주선 위의 지평에 존재한다. 이와 같은 섬을 향한 지
향이, 시적 화자의 진술을 빌려 말하기를, "섬 한 마리 삼
켜야 겨우 채워지는 바닥없는 허기"(「천막 횟집」, 5) 때문이라
고 한다. 이러한 허기는 "옛길들이 불러온 허기"이지만 "굳

어가는 진흙 가면을 부숴버리고"(「돌아가고 싶은 얼굴이」, 5) 싶
은 '탈−합치'(프랑수아 줄리앙의 개념으로 예술과 실존의 근원)의 의
지와 무연하지 않다.

　제5시집의 「내죽도」는 "태어나 처음 만난 섬"을 말한다.
하지만 "오래전에 육지가 되어버린 섬"(「청둥오리」, 5)이다. 유
년의 기억에 자리한 '내죽도'는 상실의 아픔이지만 체험의
원형으로 자리한다. 시인은 이러한 추억의 섬을 불러내면
서 수많은 섬의 '헤테로토피아'를 형성한다. 이리하여 제6
시집은 온통 섬을 노래하고 있다. 2부로 구성된 이 시집에
서 1부는 서른 개가 넘는 섬 이야기이고 2부는 지금은 뭍으
로 이어져 사라진 '내죽도'가 있던 '1978년'의 일기를 제시하
고 있다. 1부의 섬은 모두 다음과 같은 이름을 지녔다. 소
지도, 반화도, 비상도, 유자도, 상여도, 어유도, 술미도,
갈리도, 장재도, 춘복도, 대혈도, 옥도, 막도, 대호도, 잠
도, 노아도, 솔여도, 상죽도와 하죽도, 거쉬도, 삼례도, 미
생도, 소두방도, 우혈도, 해갑도, 외거칠리도, 녹운도, 사
이도, 외초도, 가동도, 마항도, 소봉도, 소덕도, 대구을비
도, 하서도, 내장덕도. 사람이 살고 있는 곳도 있겠고 사람
이 살지 않는 무인도도 있겠다. 어느 경우든 우리에게 잘 알
려지지 않은 다른 세계인데 그곳을 찾는 시인의 열정이 눈부
시다. 먼저 2부의 '내죽도'에 관한 일기를 읽자. 제1시집 「통
영 3」에서 말한 "죄 없던 시절의 일기"가 아닐까?

　　　어제는 할배 제삿날이었습니다

물개 수염에 불을 붙여 향 단지에 꽂아 놓고 기다리다가
그만 잠이 들어 버렸습니다

수염 타는 냄새를 맡은 할배가
물개를 타고 바다를 건너와
제상에 차려 놓은 도미 찢어 간장에 찍어 먹고
탁주 한 사발 마시고 간 모양입니다

아침에 일어나 보니
저승 구멍가게에서 사 주머니에 넣고 다니다가
손자 머리맡에 놓아둔 수정 구슬 세 개가
눈을 반짝거리고 있었습니다
　　　　　　　―「1978년 1월 12일 내죽도 함박눈」 전문

　　2부의 첫 번째 시편이다. 우선 1978년의 일기를 변용한
데 의문이 생긴다. 1970년생인 시인의 나이 아홉 즈음이
다. 아마 초등학교(당시 국민학교)에 들어가 하급반으로 처음
일기를 쓰기 시작할 무렵으로 보인다. 그 일기장이 아직 남
아 있어서 일부의 일기를 시편으로 건져 올렸다고 짐작할
수 있다. 향이 꽂힌 단지가 물개를 닮았다고 연상한 아이
는 제상 옆에서 구슬을 갖고 놀다 잠이 든다. 그사이 할아
버지가 다녀가고 손자에게 선물을 주고 갔다는 상상이다.
꿈과 현실, 저승과 이승의 분별이 없는 동심의 세계가 포착
되었다. 표제를 통하여 밤새 "함박눈"이 고요하게 내린 정

황을 알 수도 있으니 천지를 덮은 고요와 하얀 안식과 평화를 생각하게 한다. 이처럼 시인은 유년의 순수한 크로노토프를 환기한다. 또한 이에 이끌려 시원의 이야기가 있는 공동체를 지향한다.

> 밤마다 살쾡이가 닭을 물고 갑니다
> 싸움닭을 구해 지키게 했더니 싸움닭도 물고 가 버렸고
> 똥개 두 마리를 시켜 지키게 했더니 둘 다 겁이 많아 자
> 는 척해 버립니다
> 꼭대깃집 재성이 삼촌에게 부탁해서 독사와 지네를 먹
> 이로 키우는
> 목에 굵은 쇠사슬을 걸고 다니는 서른 살짜리 거위를 데
> 리고 왔습니다
> 툇마루 기둥에 매 놓고 하루 종일 아무것도 주지 않고
> 굶겼다가
> 밤에 풀어놓았습니다
> 다음 날 아침
> 눈알이 뽑히고 대가리에 구멍이 뚫린 살쾡이 한 마리가
> 닭장 앞에 뻗어 있었습니다
> ──「1978년 1월 20일 내죽도 대구」전문

"닭을 물고"가 버리는 "살쾡이"를 잡은 "거위" 이야기이다. 우선 이 이야기는 통념을 전복한다. "싸움닭"도 "똥개"도 물리치지 못한 살쾡이를 거위가 물리쳤다. 그런데 이 거

위는 "독사와 지네를 먹이로" 삼고 "목에 굵은 쇠사슬을 걸고 다니는 서른 살짜리"이다. 거의 괴수에 가까운 생태와 형상을 보인다. 경이롭고 놀라운 사건으로 기억될 수밖에 없다. 그런데 흥미로운 사실은 표제에서 일기의 기후를 나타내는 자리에 사물을 배치한 일이다. 맑음, 흐림, 눈, 비와 같은 말보다 함박눈, 대구 등과 같이 훨씬 구체적인 사건을 포착한다. 그런데 인용한 시편처럼 표제가 말하는 "대구"는 본문의 내용과 의미 연관성을 지니지 않는다. 다만 바다에 대구가 출현하였다는 사실을 통하여 기후와 절기의 변화를 나타낸다. 이와 달리 「1978년 1월 12일 내죽도 함박눈」의 "함박눈"은 본문의 정황과 결부되어 유추의 여지가 적지 않다. 「1978년 1월 20일 내죽도 대구」에서 "대구"는 본문의 내용과 무연한 사건이다. 텍스트의 여백에 그날 대구를 보았거나 그것을 먹은 사실을 남겨 놓았을 뿐이다. 거위와 살쾡이가 시적 화자와 대구의 관계와 연관될 수 있을까? 이항 대립의 관계가 의미의 여운을 이끌기도 하지만 이는 상상의 영역으로 미지로 남겨진다. 단순하게 기후와 절기를 더욱 섬세한 사건의 언어로 기록하였다고 보아도 무방하다. 하지만 나아가서 표제와 본문 사이의 여백이 환기하는 기지(wit)를 상상할 수 있다. 예를 들어 「1978년 3월 2일 내죽도 도다리」는 봄의 생선 도다리의 출현을 지시하면서 자신이 이야깃거리가 되어 "하루 종일 집에 숨어" 지내는 시 속의 주인공인 "옥희 누나"의 표정을 연상하게 한다. 또한 「1978년 11월 14일 내죽도 보름달」에서 "보름달"은 본문의 지배적인 분위기를 형성하는 배경이 된다. 하지만 대부분의 시편에서 "마파람" "털게" "꽃지짐" "복사꽃" "송화" "보슬비" "무지개" "물안개" "뭉게구름" "산딸기" "달무리" "무화과" "전어" "코스모스" "새털구름" "들국화" "청둥오리" 등은 당일의 날씨이거나 그때를 대표하는 식물과 동물이다. 무엇보다 바깥의 사물에 감응하는 소년이나 시적 화자의 태도가 중요하게 인식되어야 한다.

1978년 1년 동안 매달 두세 편의 일기를 시편으로 제출한 이 연작은 아홉 즈음의 아이가 눈과 마음으로 이해한 세계의 서술이다. 통념을 넘어서는 이야기들로서 인간과 자연 사물 사이, 뭍과 바다 사이의 경계가 없다. 서로 연관성을 지니는 하나의 정체整體로서, 원초적인 애니미즘이 통하는 민담의 세계이다. 바로 이와 같은 유년의 원형 체험을 더욱 적극적으로 상상한 시편이 제6시집의 1부이다. 여기에서 「1978년 6월 28일 맑음」 「대구을비도국민학교 5학년 이상철의 가정 통신문 중에서」 「유익서 음악 선생님께」 「조덕현 미술 선생님께」 등의 시편은 1부의 후반에서 2부로 건너가는 매개 역할을 한다. 이 시집의 무게중심은 섬의 만다라라고 불러도 좋을 만한 1부이다. 그 끝에 배치된 네 편은 "소덕도국민학교 5학년 박선유의 일기"와 "대구을비도국민학교 5학년 이상철의 가정 통신문", "하서도국민학교 5학년/ 이윤솔"이 "유익서 음악 선생님께" 보내는 편지, "내장덕도국민학교 5학년/ 이은"이 "조덕현 미술 선생님께" 보내는 편지 등이다. 「1978년 6월 28일 맑음」은 자연과 더불어

살아가면서 자연을 닮아 가는 가족의 이야기이다. 「대구을
비도국민학교 5학년 이상철의 가정 통신문 중에서」는 학교
에서의 공부와 바깥에서의 놀이와 가족의 노동이 한데 어우
러져 건강과 감사와 행복을 생성하는 삶의 양식을 보여 준
다. 「유익서 음악 선생님께」와 「조덕현 미술 선생님께」는 학
생이 선생님께 보내는 편지 형식을 통하여 살아 있는 생명
의 소리와 그림을 말하는 5학년 학생의 의식이라는 점이 놀
랍다. 인간 중심의 이성이 지배하지 않고 모든 생명이 공생
하는 세계의 형상이다. 이처럼 일기와 통신문과 편지 양식
을 빌린 네 편의 시편 앞에는 앞서 말했듯이 30여 개의 섬
이 만다라처럼 펼쳐져 있다. 제6시집에서 시인이 보이고자
한 회심의 성취이다.

　2부의 일기와 1부의 후반 네 편이 어린이의 시점이라면
1부의 섬 시편은 "나그네"라는 등장인물을 내세우면서 시적
화자의 페르소나를 쓴 시인의 시점으로 서술된다. 시인은
일찍부터 시적 화자를 "나그네"(「통영 13」, 1)로 드러내어 진술
하였는데, 이는 어느 정도 자신의 인간관을 반영하는 일로
보인다. 안주하지 않고 유동하며 탈─합치의 도주를 몽상하
는 주체를 염두에 두고 있다.

　　한 번도 가 보지 않았지만
　　이야기 속에서 이미 수십 번을 다녀온 섬도 있습니다

　　밤마다 독주에 취해 허황된 모험담을 떠벌리는 해적처

럼 나그네는

　도시에 사는 동무들에게 결혼을 한 뒤에는 아이들에게

　솔여도에 대해 수많은 이야기를 해 왔습니다

　적당히 술에 취해 솔여도를 이야기하던 어느 날 저녁

　이야기의 바다에 떠 있는 솔여도가

　나그네가 어릴 적에 살았던 동네를 빼닮았다는 걸 알게

되었습니다

　끝없는 이야기로 솔여도를 만든 것은

　나그네의 명치에 사무친 그리움이었던 것입니다……

　나그네가 솔여도에 발을 디딘 것은 중년이 되어서입니다

　오랜 세월 동안 편지를 주고받으면서 정작 한 번도 얼굴

을 본 적이 없는

　여인을 만난 것 같았습니다

　입으로 능란하게 말할 수 있는 언어의 문자를 처음 보

는 것 같았습니다

　실제의 솔여도는 이야기 속의 솔여도와 많이 달랐습니다

　물개를 훈련시켜 고등어를 잡는다는 어부들은 모두 사

라졌고

　바다에 들어가는 순간 돌고래로 변신하는 소년들로 가

득 차 있다는 분교는

　오래전에 문을 닫았습니다

야생 염소들이 달밤에 모여 회의를 한다는

오백 살이 넘은 상수리나무도 찾을 수가 없었습니다

뭍에서 건너온 집들이 군데군데 독버섯처럼 돋아나 번

져 가고 있는

맥박이 잦아든 골목을 걸어 다니다가 나그네는 문득 깨

달았습니다

나그네의 입을 통해 이 섬의 이야기를 해 온 것이

어릴 적 살았던 동네에 대한 나그네의 향수가 아니라

모든 것을 잃어버린 솔여도 자신이었다는 사실을

　　　　　　　　—「이 섬의 이야기를 해 온 것이」 전문

　이 시편은 시인이 풀어내는 섬 이야기가 "나그네의 명치
에 사무친 그리움"에서 비롯한 "어릴 적에 살았던 동네"에
관한 기억의 변주임을 알게 한다. 앞서 언급한 2부의 "내죽
도"의 추억이 시적 동인이 되어 섬 만다라를 유랑한다. 이
러한 유랑의 모험에는 더불어 술을 마시고 이야기를 나누는
일이 필수이다. 이런 가운데 "중년이 되어서" 만난 "솔여도"
가 "오랜 세월 동안 편지를 주고받으면서 정작 한 번도 얼굴
을 본 적이 없는/ 여인" 같고 "입으로 능란하게 말할 수 있
는 언어의 문자를 처음 보는 것" 같다는 사실을 깨닫는다.
매우 중요한 시적 전환이 이루어지는 지점이다. 섬을 이야
기하는 행위자가 시 속의 주인공 "나그네"가 아니라 "솔
여도 자신"이라는 사실이다. "나그네의 입을 통해 이 섬의

이야기를 해 온 것이/ 어릴 적 살았던 동네에 대한 나그네의 향수"만은 아니라는 말이다. 적어도 우리는 이 시를 통하여 섬과의 만남이 "향수"라는 주체의 정동에 한정되지 않으며 섬 또한 주요한 행위자가 되는 상호 교섭의 과정임을 알게 된다. 물론 있던 것의 상실이라는 점에서 나그네와 '솔여도'의 지평은 서로 유사하다. 그렇다면 '솔여도'가 들려주는 이야기의 내용은 무엇일까? "물개를 훈련시켜 고등어를 잡는다는 어부"와 바다로 들어가는 순간 돌고래로 변신하는 소년들과 "달밤에 모여 회의를 한다는" "야생 염소들"과 "오백 살이 넘은 상수리나무"가 아니겠는가? 인간이 자연을 지배하고 착취하는 과정이 아니라 상호 공존하는 세계의 이야기이다. 이를 야생의 지향으로 해석하는 관점은 단순하다. 무엇보다 사물이 하는 이야기를 들을 수 있는 능력이 중요하다. 또한 그 말이 사물을 생동하게 하는 과정을 주목해야 한다. "나그네" 시인이 섬을 향하는 연유가 바로 이와 같은 살아 있는 말에 이끌리기 때문이다.

> 삼 년 전에 처음으로 이 섬을 한 바퀴 돈 나그네가
> 점심을 먹으려고 풀밭에 앉았을 때
> 수많은 계란들의 노른자와 흰자가 뒤섞여 말라붙어
> 더러운 소금 기둥처럼 서 있는 바위 하나가 눈에 들어
> 왔습니다
> 바위가 안쓰러웠던 나그네는
> 시경詩經에서 발아력이 강한 초록색 구절 하나를 뽑아

종이에 적은 뒤

　　일곱 번을 접어 바위의 구멍에 넣어 두고 섬을 떠났습니다

　　삼 년 후에 다시 섬에 오른 나그네는 바위의 안부가 궁금
해 곧장 당산으로 올라갔습니다

　　허허, 그런데 이건 또 무슨 조화일까요

　　바위가 온통 곧추선 바늘 길이의 솔이끼로 덮여 있는 게
아니겠습니까

　　소금 기둥은 초록 여우의 털이 촘촘히 박힌 코트를 걸친
선녀로 변해 있었습니다

　　이끼가 반쯤 가린 구멍에는 텃새 부부가 신혼살림을 차
려 놓고 있었습니다

　　　　　　　　　　　　　　　　　　　—「춘복도 씨바위」부분

　이 시편의 전반부는 "당산에서 제일 높은 포구나무"와 그
에서 파생한 "씨바위" 이야기이다. "엉터리 무당"의 말을 듣
고 뭍으로 당산나무를 옮기려다 낭패와 소란을 겪는 내용인
데 사물의 말을 제대로 듣고 전하는 일의 중요성을 환기한
다. 자칫 인간의 거짓 주문은 죽임으로 나아가므로 참된 살
림의 언어에 귀를 기울여야 한다. 이는 타락한 인간의 말이
아니며 사물이 스스로 전하는 말이다. 다시 "씨바위"가 침
묵으로 생명을 생성하는 일로 거듭 이해할 수 있다. 언어로
말할 수 없는 바를 말하는 일이다. 이러한 역설의 자리에
시적 언어가 있음을 "나그네"는 안다. "시경詩經에서 발아력

이 강한 초록색 구절 하나"가 그에 해당한다. 시의 힘은 고
갈과 경직의 죽임에 저항하며 윤택과 민활의 생명을 생성한
다. 이는 "소금 기둥"이 "초록 여우의 털이 촘촘히 박힌 코
트를 걸친 선녀"로 변신하는 과정이다.

> 술잔과 거문고와 붓만 들고 외거칠리도로 유배 온 신선은
> 달이 훤한 밤마다
> 싸리나무 통발로 잡은 붕장어를 안주로 술을 마시며
> 거문고를 뜯고 시를 지었습니다
> 붕장어 안주로 술을 마시며 쓴 시는
> 행 하나하나가 붕장어처럼 살아 움직이곤 했는데
> 이런 시가 태어날 때마다
> 신선은 섬의 동쪽 언덕에 묻어 두고 매일 아침 술을 한
> 잔씩 부어 주었습니다
>
> 이 시들이 발아되어 자란 것이
> 일백마흔아홉 그루 후박나무 숲입니다……
>
> 팔월 염천炎天
> 나그네는 이 섬에 오르자마자
> 이백 살 먹은 시詩 어른에게 탁주 한 사발을 공양합니다
> ─「이백 살 먹은 시 어른에게」 전문

단지 허무맹랑한 신선 이야기로 받아들이지 않아야 한

다. 이 시편은 시인이 섬으로 가는 까닭을 명료하게 제시하고 있다. 물러나 시 속의 신선처럼 "술잔과 거문고와 붓만 들고" 살고 싶다는 허정虛靜의 지향도 없지 않겠지만 무엇보다 살아 있는 시를 생성하는 과정을 경배하려고 한다. 시가 신성한 숲으로 자라나는 경이를 체득하려 한다. 그만큼 시인은 자연의 신을 잃고 파국으로 치닫는 현실을 절감한다. 섬은 현실 속에 없는 유토피아 혹은 도피의 환상이 아니며 인류가 지켜야 할 보루에 해당한다. 이러한 의미에서 이는 시인이 현실 세계에 이의를 제기하면서 형성한 새로운 체계로서의 '헤테로토피아'(미셸 푸코의 개념)에 해당한다고 할 수 있다. 이미 없는 저곳과 붕괴하는 이곳 사이에 새로운 길을 내고 있는데 시 쓰기 또한 이와 같은 수행에 다를 바 없다. 그래서 시인이 만난 섬은 여러 가지 의미의 망을 형성한다. 소박하게는 목에 걸린 생선 가시를 빼내는 민간요법(「생선 가시가 목구멍에」)에서부터 무질서의 폭력을 다스리는 종교와 상반상성相反相成으로 뭇 생명을 품는 위대한 모성의 달(「보름달이 뜨는 날이었던 것입니다」)에 이르기까지 의미의 주름이 겹겹으로 누적한다. "사람의 길"과 뭇 생명의 길이 어긋나고 부딪히는 과정을 공감각으로 지각하는 표정(「남자였던 것입니다」)이나 "죽은 사람과 산 사람이 섞여 사는" 섬의 "곳곳에 야생화 만발한 꽃밭들"(「새똥밭에 굴러도 이승이?」)은 장관이다. "꽃들이 뿜어내는"(「한 방울 술이 되어 버렸습니다」) 애욕의 말이 있고 바벨의 혼란을 "하나의 언어로 통일"하는 달의 인력(「방금 낳은 말들이 입을 뻐끔거리고 있었습니다」)이 작동한다. 순환하는 생명 속에서 성과 속은 한데 공존하며(「이러한 채소의 신비한 효능은」) 대립과 갈등은 공존과 궁극적인 평화로(「추석 달밤의 추격전」) 변전하고 만다. 비록 "전깃불과 슬레이트 지붕이 들어오기 전에 있었던 이야기"(「불알에 처녀의 이름을 적어」)라고 하더라도 이토록 허망한 문명의 가을에 다시 일깨우고 새겨야 할 내용이 아닌가 한다.

「지금 샘물의 대언자는」이 말하듯이 우리 시대는 위기와 재난을 알려 주는 "샘"이 필요하고 그 "샘물의 대언자"가 절실하다. 이중도 시인의 섬 시편은 지금-이곳과 분리된 사라진 것에 대한 동경을 표현하는 순진한 낭만주의의 산물이 아니다. 오히려 인류가 직면한 복합 위기에 저항하면서 대안의 장소와 말을 창조하려는 의지적 수행이라 할 수 있다. 그래서 어제로 향하여 걷는 듯한 시인의 행보는 생성과 연대의 희망을 지향한다. 만다라처럼 섬을 구성하는 행위자가 서로 연결되어 더 큰 공간을 예감한다. 시의 형태로도 느슨하게 배치된 이야기시의 모음에서 앞으로 더 큰 규모의 작업으로 나아갈 공산이 크다. 그렇다면 밀턴의 「실낙원」이나 엘리엇의 「황무지」가 부럽지 않을 섬 만다라도 예상할 수가 있다. 시인의 귀향은 이미 끝났지만, 그 완성은 향수(nostalgia)의 반복이 아니라 다른 세계의 형성이다. 지금 시인은 가열하게 완전한 귀향을 몽상한다. 그가 그린 몽상의 섬에 차려진 식탁에서 잔을 든다.